拔尖艺术人才

——北京电影学院阿达动画实验班

原创小说集 （2017级）

陈文颖◎主编

海洋出版社

2023年·北京

图书在版编目（CIP）数据

拔尖艺术人才：北京电影学院阿达动画实验班原创
小说集：2017级 / 陈文颖主编. -- 北京：海洋出版社，
2023.4

ISBN 978-7-5210-1088-6

Ⅰ. ①拔… Ⅱ. ①陈… Ⅲ. ①小说集－中国－当代
Ⅳ. ①I247

中国国家版本馆 CIP 数据核字(2023)第 046406 号

拔尖艺术人才——北京电影学院阿达动画实验班原创小说集（2017级）
BAJIAN YISHU RENCAI——BEIJING DIANYING XUEYUAN ADA DONGHUA SHIYANBAN
YUANCHUANG XIAOSHUOJI (2017 JI)

责任编辑：赵　武　　　　　　　　　发 行 部：（010）62100090
责任印制：安　淼　　　　　　　　　总 编 室：（010）62100034
排　　版：海洋计算机图书输出中心　晓阳　　网　　址：www.oceanpress.com.cn
出版发行：海洋出版社　　　　　　　　承　　印：鸿博昊天科技有限公司
地　　址：北京市海淀区大慧寺路8号　版　　次：2023年4月第1版第1次印刷
　　　　　100081　　　　　　　　　开　　本：787mm×1092mm　1/16
经　　销：新华书店　　　　　　　　印　　张：9
技术支持：（010）62100052　　　　字　　数：140千字
　　　　　　　　　　　　　　　　　　定　　价：60.00元

本书如有印、装质量问题可与发行部调换

目　录

甘木之果

阿诺迪

> 有不死之国，阿姓，甘木是食。——《山海经·卷十·大荒南经》
>
> 《山海经》曰："不死人在交胫东，其为人黑色，寿不死。"

一

阿果睁开眼的时候，是早上六点整，冬天的大风刮得外面呼呼作响。将暖黄色的台灯亮度调至最小，暗蓝蓝的房子里有了一些暖意。她轻轻地坐起身去洗漱，擦干净脸画了些淡妆。阿果脸窄而瘦削，留着清爽的露出耳朵的短发。浅象牙白的肌肤，新月眉下一对不大的杏眼，鼻梁很直，鼻尖小小的。细长的脖颈，平而薄的肩膀，匀直的双腿，手腕脚踝都很瘦。虽然单凭长相看起来不是什么标准的美人，却秀气里带着一点执拗，有人说她处事太独，像个有点叛逆的女孩，其实她今年已经29 岁，并且是位 4 岁女孩的母亲了。再细微一点观察会发现她微微驼背，看起来总是有些疲惫憔悴。

天阴沉沉的仿佛要下雪。阿果看着洗手台旁的窗外。前不久她得知自己患了罕见的电子癌症。得到消息的那天也是这个天气，她从日常工作的诊室恍恍惚惚走出来坐在门口心跳得厉害。电子癌症目前也没有什么医学上的解决办法。从已知的先前病例可以了解到的是，这是从电子蓝线产生后才在世界上出现的疾病。患者起先会感到间歇性的头痛，进而逐渐频繁。无论安医师怎样喃喃地安慰，阿果只听清最后的结果是，大概不到一年，病患就会脑死亡。其实此刻在她脑子里倒也没想其他的，只是如果自己明天就不在了，女儿点点怎么办呢？点点爸在点点还没出生时就离开了她们，而阿果的母亲难产离世，是父亲带大的，父亲却也早早去世，在这世上已无近亲。为了点点，阿果是无论如何，也必须要活下去的。

她看着镜子下意识摸了摸埋在脖子后面那条竖着的微微有些凸起的蓝线，从洗手池旁边充电盘上拿起一条带蓝色点灯金属头的黑色细绳，戴上了电子颈环。眼前跳出一个浅薄荷绿色的弹窗："早上好，小果。现在是北京时间 2036 年 12 月 12 日，周五，早晨 6 点 37 分，今日晴，室外温度−2℃，相对湿度 40%，建议您注意防寒保暖，一天好心情。"伸手关掉这个弹窗后，又跳出一个淡粉色的弹窗："预测您今日月经来访，建议您带上卫生巾，多饮水，不食辛辣生冷，早睡早起，保持心情愉悦哦。"接着又叠跳出一个弹窗："日程：叫点点起床。"关掉这些五颜六色的弹窗后，她走回床边。四岁的女儿点点正面对墙安稳地睡着，露出被窝的头发蓬松柔软，让她整个看起来像一只小动物。她晃了晃点点的肩膀："点点起床了，该上幼儿园了。"

"嗯？嗯……"

点点迷迷糊糊地起床穿衣服刷牙，趁着这个空当，阿果把电食品柜里定时热好的面包和牛奶拿出来。忽然从后脑发散式地感觉到一阵剧痛，让阿果几乎摔倒，她扶住了食品柜稍微蹲下缓了一会儿，抬起眼发现女儿正站在厨房门口。"妈妈……我想吃昨晚我们买的菠萝包。""给。"这样的剧痛这周来反反复复已经有很多次，阿果心里这样想着，拿起面包嚼了起来。母女二人吃完早饭，临出门的时候，阿果换好了深绿色的高领毛衣外套了一件短的米白羽绒夹克，蓝色的紧身牛仔裤下是一双浅米灰的切尔西踝靴，在穿衣镜前微微侧身又看了一眼脖子上的颈环，接着她迟疑了一下，帮女儿戴上了儿童电子颈环。从点点的面前跳出一只憨厚可爱的企鹅，说："点点主人早上好！"然后爬到了点点的肩头。阿果帮她穿上驼色的小棉鞋，浅灰粉的外套，红棕色的毛线帽子，最后紧紧用深蓝色的围巾连头、耳朵、嘴给点点严严实实裹了一圈。

"到了幼儿园有什么问题找老师，出大事情的话告诉小企鹅让它联系妈妈哦。"

"嗯。"女儿没精打采地回应道。

"妈妈今天下班早点去接你，我们出去吃炸鸡。"阿果叹了口气说道。

"好！"点点笑了。

阿果驱车前往 Brainline 医院。车窗外的大街上，人们都佩戴着电子颈圈，注视着自己面前空中飘浮着的各种彩色的弹窗通知，广告。围着商场大楼层层叠叠各种全息投影广告，居民区随处可见的电子告示牌，行人携带的奇形怪状的电子宠物……然而这些景象如果摘掉颈圈都会消失，回到寂寥世界的模样。从 20 年前开始，人们纷纷可以在脖子后方植入一条电子蓝线，并佩戴上电子颈圈，这时现实世界与互联网世界实现了严丝合缝的链接。植入的电子蓝线连接并可控人类的脑电波，而电子颈圈类似于收发的处理终端。以前的电子界面成为能够跃然于眼前的实体，传输发送和接受信息、搜索资料、购买物品变得快捷而方便。脑电科技公司 Brainline 让 2036 年的今天无论是教育，医疗，广告，金融，服务……与此同时产生的黑客软件和病毒，成为一些看起来奇特的物质流通在网络黑市，也出现了查杀它们的互联网安保职业等等。各个行业都因为这项发明发生了形式上的改变。世界进入了又一个飞跃发展的时代。

阿果正是在 Brainline 旗下的医院电子脑电科做护工，在科技高度发展的今天，挂号取药等许多问题已经被人工智能解决，阿果主要是帮助一些不会使用电子科技的老人正确走到科室，或者回答一些病患的日常问题，这足够补贴家用，也并不算太辛苦。安医师是前不久新来到阿果所在的科室，看起来三十出头，第一次见面的时候，他黑色的防风棉服下贴身穿着一件深灰色的法兰绒衬衫，松开了前两颗纽扣。下半身是原浆色的卷边牛仔裤和有些磨毛的深棕色的系带皮鞋。明明是负责这么精密的工作，安平常做事却看起来毛手毛脚，脸上常挂着憨憨的笑容。他刚来的时候，阿果觉得他有适度的热心、却不多嘴。这样的人共事的确压力不是很大，或许进一步相处能成为很好的朋友，只是阿果感到他独自一人时不同的一面——笑容下或许多几分敏感，至于他的来头，她无心打听。因此当安医师不久后来主动找上她提出"甘木之果"时，她是如此的意外。

二

落日光从卧室斜侧着洒进屋里。安在给点点绘声绘色地讲童话故事书。读惯了电子有声故事书的点点看起来很高兴。"你好像很会和小孩子玩。"阿果倒了点水拿来。"嘿嘿，是吗。"安本没有移开对着故事书的视线，说完后抬眼才对上阿果的目光。这种景象模模糊糊成为一种梦幻般的联想，唤起阿果曾经对家庭的一点点憧憬和期盼。橘粉色的光倏忽变成深蓝色，天已经晚了，安站起身来。

阿果沉默了一会儿："……真的有这种事吗？"

"我是说，并不是完全没有希望。"安一边穿外套一边说道："如果有这样的事你还是应该试一试……也为了点点。"他推开门，又停顿一下后说："我会帮你一起找，还有什么需要，我都可以帮忙，你尽管提。"

安说的是"甘木之果"。网络传言是 Brainline 研发出的一种未公开投入使用的密钥，得到之后可以获得永生不死的能力。阿果父亲几十年前曾是研发电子蓝线的开发人员，安热心地提出，他想如果这种东西真的存在，从这里入手或许能有收获。

"安叔叔明天还会来吗？"点点从房间里颠颠地走出来站在妈妈身后。

阿果微微低下头搂住点点，对安说道："我查一下，之后联系你吧。"

"好的，你加油……不要放弃。"

安慢慢地，一步一步下楼，和阿果对视的面孔久久徘徊在脑海里，他仿佛能看到一个柔韧、疲惫而坚强的灵魂。如果不是因为那样的原因……"滴滴滴"眼前显示出一条没有备注名的来信："进度如何"，安快速回复道："已经拜托她去找了。"他回头看了看阿果家的灯，疾步消失在夜色里。

三

父亲过世后，书房已经很久没有人进过。今天已经几乎没有人阅读纸质书籍，书写纸质文字，不过这些东西都被好好地保留下来，厚厚的窗帘遮蔽了房间中大部分的光线，书架上已经积了灰，父亲留下的这个老房子走在地板上还有吱吱呀呀的声音。阿果把那些装满文件的箱子里一沓一沓的书稿和单据小心翼翼地拿出来，按时间在地上排好，一点点翻阅。父亲的文字大部分都很潦草看不大懂，只是最后一份文件订好了用印刷体写着"甘木之果计划"，翻开之后只留下了一句古语："有不死国，甘木是食。不死人在交胫东，其为人黑色，寿不死。"

这是什么意思，阿果查到了这句话的原出处中，少了"阿姓"一次，如加入进去，也想不出什么含义。

打电话给安，安匆匆赶来。"'不死人在交胫东，其为人黑色，寿不死。'是什么意思呢？我很在意这一点。"安蹲下仔细看这份文件，皱了皱眉头。阿果站在旁边看他，觉得他收起了平时的憨笑模样，看起来有说不上的不同。

"不死人是黑色，文字中的阿姓被隐去了……"安接着思索。"这些资料还是看不出什么线索。文件后面的一部分信息大概遗失了，医院方面也没有相关的记录。你再找找呢？"安又看了一眼站在一旁的阿果，她有些闪避和不安。

阿果只是觉得一个新来的医师，竟然查了这么早的医院的资料来帮助自己，有些蹊跷，隐藏了一部分没有拿给安。她不相信别人，也不想麻烦别人，所以一切问题都理应自己扛。"好的，我有进展再联系你。"阿果说道。

她收起那部分，其实令她非常意外。是一张自己这款颈环的分解图，上面指示出密钥的存在与颈环的身份注销有关。12 岁的时候第一次接触电子蓝线和颈环，是父亲遗留下刚刚研制出第一批十分骄傲的成果，因此和后来别人去店里配置的不同，阿果从来没发现过自己的和别人的有什么不同。不幸的是不久父亲就因为这份工作过劳倒在书桌上再也没能起来。对父亲因为工作过分投入，早早留下自己一个人的行为阿果始终在心底不解，她也因为早早失去了太多而麻木，所以最不希望的就是点点也像当年的自己一样始终孤身一人。点点来到这个世界上的四年里，每当她开心地吃掉阿果做的饭菜或者跑过来给她一个拥抱，阿果就感到极致的幸福——以前所度过的灰色时光都能忘却一般。

想起这些，阿果又感到后脑一阵剧痛，跌坐在书房的地板上。如果真的有能让人长生不死的宝贝就好了，阿果越这样想后脑就越痛，疼痛每次都在加剧，只能干等着这种连着脖子一直到背部不断抽搐的痛苦自己停止。

"妈妈你怎么了，生病了吗？"点点从后面抱住阿果，担心地问道。

"妈妈只是昨晚没有睡好。"阿果看着点点，慢慢地有些趔趄地站起来，轻轻地说道。她决定只要能救点点的话，自己去寻找什么甘木之果计划，并且她就是感到、并且确定那个唾手可得的真相就在自己的颈圈里。她要去解决这个问题，找到方法……只是不应该把任何人卷进来。

四

阿果送点点去了幼儿园。点点消失在川流不息的马路对面，黄色的小书包消失在校门里。阿果回到家，一个人在镜子前配对好颈圈和蓝线，按照说明图上那样，点击了用户注销。

注销对于颈圈来说，就是消除所有的痕迹，由于操作成本过大，通常的操作是就算颈圈因不可抗力摔碎，也可以购买新品重新登录。注销意味着能够回到买家初始界面，一切归零。对 2036 年的人来说，这种选择不如说是抹消了自己在当今社会的社会身份，回到一个初始的状态。许多人怕回到初始，不知不觉成为只在虚拟网络中活着的人。不过在现在的阿果看来这些都可以放下，这么久来寻求治疗电子癌症方法的阿果突然明白，有些事必须要做，摘下颈圈的世界存在的人和事物应该对她更为珍贵才是。

颈环世界的初始界面四周一片白茫茫，阿果突然看到远处出现一个穿红裙的小女孩的身影，听到一些她欢笑的声音。她一边跑一边跳，阿果小跑两步跟上女孩，小女孩渐渐显露成自己儿时的模样。四周的白色褪去，跟着小女孩上楼梯，回到了二十几年前的父亲的书房。书房沉厚的窗帘被拉开，回忆点点滴滴，父亲伏案在喃喃写些什么。儿时的阿果跑到父亲的书桌前，"爸爸你在做什么呀？"父亲没有说话，还是继续喃喃地写着，只剩最后几个字就写完了。父亲高兴地从头到尾翻阅了一遍，又神经质般地从抽屉里拿出一个盒子，打开时是阿果戴着的颈环。"这个是什么，好好玩可以给我吗？"儿时的阿果问道，父亲反应了一会儿露出笑容："能成功的，能成功的。"又转向阿果："以后给你。"突然来了一个电话，父亲拿着颈环和小女孩一起离开了书房。阿果看到留在桌子上的正是"甘木之果计划"。原来这是父亲的回忆。

突然天色骤暗，窗外下起雨，父亲冲进书房，手忙脚乱地翻阅桌子上的文件，一边说着："不行，不行，这样的话……"抽出了那沓"甘木之果计划"的文件，撕掉后面一部分，突然扶住额头，嘴上低声地说着："小果……小果……"然后倒下了。回忆在这里终止，画面破碎，伴随着强风，一切又回到初始界面白茫茫的样子，剩下看到这一切还没反应过来发生了什么事的阿果，空中浮着一块不规则球体的紫黑色暗物质，表面浮着一层数据碎片。阿果和那物质周围围着她们出现的一圈小人开始唱起听不懂语言的歌曲。物质发出光芒，小人们向四周投出拉长的黑影，长长的紫色黑影像跳起的火焰，不断拉长，拉长，然后拢住了她们。

安离开了阿果家，回到医院，继续搜索着和阿果父亲相关的资料。电子蓝线的发明让人类的意识中能够出现可视的人工程序，阿果父亲当年研发 Brainline 的时候考虑到如果意识可以可视化地接收和输出，那么能不能保存为数据呢，或者进一步贪心地想，即使人的肉体已经死亡，意识能不能可以转为数据或声音继续存活呢。如果这样的研究可以成功，那么像阿果母亲这样或是不得不去世的亲人也可以留在世界上。基于这个美好幻想的出发点，阿果父亲申请了想要找到可以将即将去世的老人意识保留下来的课题。生老病死本是自然常态，而自始皇开始就有各式各样的人为了搜寻能够长生不死的方法而努力探寻。

安继续翻阅着阿果父亲的研究资料：一切都在似乎很顺利地进行，动物实验已经能够将动物想要吃食物的心情转化为信息。阿果父亲进而发明出可以用于保存意识交互终端的第一批电子颈环并少量地试用。"不死人在交胫东，其为人黑色，寿不死。"这句话成了唯一的线索。终于，安找到了一个关于黑色不死人的文件包，这一定与甘木之果有联系。文件包中记录了一起实验中发生的事故：几名即将去世的病人在将意识数据化保留的过程中陷入昏迷，离开肉体的意识数据根本不能像有生命的人类思考那样，而是不断在原有基础上流失直至损坏，一些记录用的照片显示出那些意识最后成为一些人形的黑色的破损图像，长期被用来实验的动物出现了微弱的脑电波轻度异常，第一批使用颈环的人极罕见地出现了后来会发展成电子癌症的症状，实验被迫终止。"原来这就是不死之身的真相吗……"安自言自语道，"被隐去的阿姓，会不会就是她父亲的一样东西？"如果这就是阿果最后追寻的真相，那么她或许就会因此而更早的离开点点。安在此之前所知道的是，实验终止后阿果父亲意外突然离世。"甘木之果计划"被当作失败的实验沉睡，Brainline 修改了其中数据化保留意识的部分，并将电子颈环作为新一代的"智能手机"推广到市面。但 Brainline 并没有放弃对意识数据化存储所带来商机的可能，因为这样名人明星或具有研究价值的意识能够悄悄被保存进颈环，作为昂贵的资源或情报流通。安所接到的任务，就是接近阿果窃取阿果父亲私自剩下的科研成果带回 Brainline。然而结合阿果所搜集到的信息，一切似乎都在暗示着一种不可改变的命运，她的梦想或许不能实现。追求一直活着的永生是并不存在的虚幻理想。安陷入了巨大的斗争中。明明得到已有资料交给上级并继续推动阿果寻找下去自己就算完成了任务，可是与阿果对视的那一刻的影像在安的脑中挥之不去。况且……这项技术如果被上级深入推广下去，是否值得信任？为什么 Brainline 雪藏了颈环实验有可能对人体造成的危害……又或者，这种出现的电子癌症跟第一批用于研究的颈环的使用又有什么关联呢？安拍拍脑子把这些稀奇古怪又可怕的想法赶了出去，最后只留下一种坚定的感觉：在他帮助阿果一家的过程中，不知不觉那对母女的身影已然印在他心里，点点轻轻喊出"安叔叔"的声音冲进他的脑海，仿佛是叫他去做现在应该做的事。他腾地起身，又折返回了阿果家。

门开着，他进去却没看到人，听到楼上有动静，安感到事情有些不妙，他跑上楼，只看到一簇巨大的紫黑火焰，里面模模糊糊地显现出阿果的影子。

"你在做什么！"安惊恐地睁大双眼，他跑上前去想要接近阿果，一点一点挤进黑色火焰的中心，阿果正着迷似的伸向一团黑色的不明物质。"不是这样的，不是你想象的那样，不要碰它！"安大声疾呼。一摸兜摸出个打火机来丢向那个电子果实，但穿透过去掉到了地上，阿果转过脸来，眼神中充满不解和崩溃："安，为什么在最后的最后，父亲和你都想要摧毁甘木之果呢……"说着，安一个疾步上前摘掉了阿果的颈环在手中掰成两段。一切都消失了。阿果又一次感到剧烈的头痛，晕倒在安怀里。

五

事件过去之后的那天，阿果倾诉了自己所看到父亲留下的那段梦境一样的回忆。安听后向阿果解释了关于她父亲的过往，父亲的顾虑，父亲的坚持，解释了关于她父亲那个其实没能最终也没能成功实现的理想，也坦白了充满愧疚的自己。突然有种释然，两个人坐在科室门口的长椅上，离得不近，久久没有说话，静静地看着远处的城市。

六

安领着点点，安静地站在马路对面等绿灯。冬天的街头已经没有什么绿植，四周只矗立着冰冷而外观奇异的钢铁建筑和纵横交错的高架通道，空气中飘浮着各色的数字弹窗，四处响起的提示音和人声、脚步声混杂在一起。绿灯亮了，安拉着点点穿过马路，点点的怀里抱着一些水果和食物。

阿果虚弱地躺在病房里，看到安和点点抱着食物进来，她微微地坐起点身来。

安拍拍点点的肩膀：“跟妈妈说说你在幼儿园今天过得怎么样。”

点点低着头，手里玩着头发，然后看向别处说道：“今天……我们画了画，还学了儿歌。中午幼儿园发了巧克力蛋糕。”

阿果微笑地注视着点点，然后抬起头对安说：“谢谢你接她过来，这段时间照顾她太麻烦你了。你最近怎么样？”

安：“我已经不在 Brailine 了……这些都不重要。没关系，你跟点点好好聊一会儿吧，我出去抽根烟。”

安转身走到医院的阳台，拉高外套的拉链。城市空气还是那么的干燥而寒冷，但是春天就要到了。

草木之神

常馨予

早在商周时期，句芒便被人族祭为春神。

他，太暤氏的后裔，掌管着草木生长，掌管了谷物的收成便是定夺了人族的生死大权。他掌管座下百鸟，百鸟都是他的鸟官。作为一个上古草木神，他深谙真正永恒的只有四季天空大地，无论何种生物都不能称之为永恒，甚至是他自己，就算是被奉为"神"，其实也不过是个血脉与自然相勾连，寿命较长的存在罢了。人族对他的供奉经久不衰，他对此种行为也乐于接受，其实主要是懒得去管，人族这样渺小的生物，好歹却也是女娲留下的族群，女娲的血肉为镇大荒香消玉殒，只留下一丝神志残留天地，女娲的族群若是能依仗着她在人间留下的痕迹，在这生禽猛兽遍地行走的土地上苟活于世，倒也算女娲寿命延伸，万年的情分在这，句芒辅佐一二，也算是看在情分上做了件好事。

人族千百年来也从不敢怠慢，毕恭毕敬祭拜句芒，为年年风调雨顺，为谷物收成，既求句芒保佑粮田万亩，也求他保佑国运昌盛。

这些祭祀句芒倒是全盘接受，人族不及野兽有自保的能力，不及神兽呼风唤雨，女娲创造的延续虽说美丽柔软却太过弱小，能帮扶便帮扶一二，能保佑便保佑一二，既然有求必有应答。虽身为乘两龙的尊贵身份，句芒却不骄不奢，生性温和，如此算来，已然存在了上万年，人族千百年的祭祀对于他来说，也不过是一瞬之间罢了，举手之劳又何足挂齿？句芒心胸宽广，又心地善良，见到弱小种族便要怜悯，还以自己的神志夺人，相信万物都同他一般心胸宽广，一般心地善良。纵使这千年人类早已改朝换代无数，他却任觉得人族都是那些当年为得到一丝存活的希望而去祭拜他的，需要他帮衬照拂方才得以苟活于世的软弱族群。

却不知，人族千百年来的祭祀让他们窥见了神的踪迹，人族社会进化出了阶级，帝王为寻求长生不死方法寻遍天下大江南北，按说这些踪迹，上神若不开口，若不现身，谁也不得窥见，但俗话说得好——阎王好见小鬼难缠。越是底层的小鬼，越要彰显他在上神座下服侍的身份。

有一凡鸟，想入籍成为句芒的百鸟官，奈何它只是一介凡鸟，修行不够，血脉也没有继承神力，于是便起了歹心，潜伏在扶木中，扶木中生存的鸟类千万，不只句芒与百鸟栖息在此，它便混入其中，偷去了句芒的一根羽毛，夹杂在自己的尾羽中，妄图以此获得句芒的神力，它的确因此获得了细微的神力，虽说只是能够让草木加快生长的细微程度，但比起从前的凡鸟要厉害许多，它妄图混入百鸟在句芒座下行事，却被百鸟官一眼辨出，将这鱼目混珠的凡鸟逐了出去，从此这凡鸟便带着句芒的一根羽毛流落人间。

那凡鸟流落到了因民国。

因民国也称摇民国，因民国与句芒有些曲折的关系，这个国家本是有易逃离报复后建立的，当年有易杀了王亥，河神念与有易情谊，助其逃走，这忘恩负义的人才没遭到报应，还建成了国。但是因民国的人全都姓"勾"，勾姓于句芒姓氏同音，他们自古祭祀草木春神，千年祭祀在句芒的庇护之下的确风调雨顺。

而那携带了句芒神力的凡鸟也寄宿在此，每年祭祀句芒它都会主动出现在祭坛，就是为了趁人族祭祀打开传话口的期间，央求句芒收它为百鸟官，年年出现，句芒的尾羽使这个国家不仅土地受到庇佑，祥瑞连年国运昌盛，久而久之，这国的人便自认为自己同那春神有说不清道不明的血脉联系，于是勾姓人族们便沾沾自喜许多年，甚至将他们真正的先祖有易抛在了脑后，自诩春神后裔。

谣言向来同长了腿似的，一行行千里，传言传的天花乱坠，什么法力无边与句芒推杯换盏。周边小国消息闭塞谁知这消息真假，两眼一闭动了动脑子：既然大家都在说，那一定是真的了。便还真将远在因民国勾姓的人视为春神句芒的神使，纷纷派出外交官员与其互通友好。谣言传的一发不可收拾，因民国的王族在这样的谣言中尝到了好处，也渐渐无法无天。

这天春分日，携带句芒羽毛的凡鸟也到来，正当祭祀春神之时，因民国的王族诞下一小儿，王宫周边草木登时生长迅速开出许多花，因民王激动万分，"既然在春分生，又有神鸟官庇佑，不如……给我儿起名'勾汇'如何？"

一旁掌事大臣听见了，登时吓了一身冷汗，向外传出因民国是句芒的后裔这种假话还不够，难道还要犯上神的名讳吗？就算这么多年句芒从未在人们面前出现，就算是从未存在，冲着无天灾千年风调雨顺的国运，宁信其有也不可信其无啊！于是赶忙冒死拦着因民王：

"王……这，这万万不可啊！"

王眉头一挑："我因民国春秋万代，我儿与草木神同名，也是求个神福，这有何不可！"

大臣见王有了怒色，支吾半天最终还是没胆量说出心中所想，不再出声，作揖退在一旁深深叹了一口气。

王见他分明有话要说，也能猜想到他要提及的内容，冷哼一声下令道：

"从今日起，我儿名为勾汇，春分日生，与草木春神句芒同日，百鸟齐鸣百花齐放，这正是句芒真身降临人间的吉兆！"

知道内幕的大臣们有苦不敢言，知道真相的王族被句芒真身降临的谎话蒙蔽双眼。久而久之，欺骗民众大臣的谎话说多了，连王族自己都深信不疑。而寻常百姓又知道些什么呢，王说什么他们信什么，于是举国上下大行祭祀，将王族的小儿子勾汇奉为春神句芒再世。

于是祭祀变成了庆典，变成了庆祝勾汇生辰的庆典，人们不再诚心与草木神句芒传话祈求风调雨顺，带着尾羽的凡鸟也没了留在这里的意义，于是便再也没有出现在祭祀仪式中。

一转眼就过了十八年。

又及勾汇诞辰日，也是祭祀草木春神句芒的那天。因民国王族为庆祝春神再世的小儿子生辰，他骗过了自己，深信不疑，他想句芒再世，并不能只做一个表面上的春神，他想让他因民国的"春神"勾汇拥有真正春神的实权。他想要重现儿子降生时的奇景，于是召集重臣发布了一张告示，美其名曰为庆贺春神句芒再世，举国上下捕猎鸟官，能活捉鸟官的得万金。

句芒座下的百鸟官，是鸟族中的一百位神鸟，携带着句芒的神力飞遍大地，是真正将春意送往每一寸土地的神鸟，且不说百鸟官能携带句芒神力，百鸟官所到之处能为当地带去祥瑞。

远居擎摇郡抵山的句芒，正坐在这山唯一的巨树——扶木之上。两龙绕着山在云中盘旋，一位披着长发的青衫的男子侧倚一根分枝坐着树瘤结，肤洁如玉眉峰入鬓，睫毛凝露双目紧闭，眉心隐约能窥见一丝金绿纹，巨大的双翼垂下，但扶木又是何其的大而茂盛，将句芒庞大的双翼遮掩于树荫之下。

他手掌覆盖扶木枝干独特而华丽的纹路，丝丝缕缕金光从他掌中流出，没入扶木纹路中去，扶木不过些许时间便从巨大的根部涌出绿光，攀着纹路而上回到他掌心。——春神正同如他岁数一般大的扶木木灵闲谈。这时西方忽然吹来一阵沙尘，句芒翼耳微颤，轻启一双透着金色的凤眼，微微侧头向西方深深看了一眼，隐约瞥见西方若有若无笼罩着一股不祥气息。

扶木察觉到他的迟疑，绿光又流入掌中——"可是西方生变？"

句芒收回目光，又将双目一闭——"人族生变，掀不起风浪。"

"可还记得委蛇灭绝一事？"

扶木一提及此事便浑身叶片都跟着震颤，委蛇心善又不食肉，只因紫身红额，见其能得红运霸气加身，见者便能称王。人族贪心不足妄图捕猎这神兽，人族得之囚禁饲养，委蛇则因虐待失去神力，最后导致死亡，大地上这事当时震惊了听闻此事的飞鸟走兽，自此之后，飞鸟走兽都下意识与人族保持安全距离。

句芒垂眸不置可否，语气倒是淡然如常，"是那委蛇寿命已尽，刻意献媚讨好人族才被窥得一二，怨不得旁人，莫要再提此事。"

扶木便再不作声，只摇着树叶震的整座山沙沙作响。

句芒居住的孽摇郡抵山，从前百兽环绕，远不像现在这般寂静。

千百年来，天上飞的地上跑的，各个部族神兽都在逐渐消失。扶木根系庞大，几乎深入遍布半片土地，又同树木花草关系紧密互相交好，比起远在孽摇郡抵山不食烟火的句芒更了解世间百态。扶木树叶震得沙沙作响，明显表示着不悦。不仅仅是委蛇灭绝一事，千百年来灭绝的神兽如何数得清，驼鹿也好，麈也罢，其中种种必定都与人族脱不开干系。若是偶然天灾导致神兽魂飞魄散，那才称得上意外二字，近几百年人族明显扩展疆域活动频繁，动静之大甚至传到他扶木耳中，人族捕猎委蛇一事甚至句芒都得之一二，这还能算得上"寿命已尽""掀不起大风浪"吗？只有句芒兀自认为皆为天数不去管，今日提起，也不过是想提醒一二。扶木不再震颤树叶，将神志探向句芒，金边勾勒身形清晰。这位上神终究还是心善，扶木想着，整座山冥冥之中发出沉重的叹息。

捕猎鸟官一事在全国上下兴起，凡人如何分得清鸟官与凡鸟？但凡是长着翅膀的物种，就被关入笼中送往京城领赏，因民国王族哪有这样好骗，捕了鸟，就将其扔在花园中，观察草木是否生长，倘若没有就是假鸟官，既不行赏也不还鸟，将那些百姓赶出宫去，送来的鸟有些奇异好看的留在宫中饲养，有些厨房掌勺大厨叫得上名字的就宰了吃。

巧就巧在真有人撞了大运。先是捕到携带尾羽的凡鸟，发现这鸟真能使草木迅速生长，于是想它祈求红运，有求必应的句芒尾羽自然来者不拒，于是这人祥瑞连连，给他一连捕了真正的两只鸟官，鸟官身为句芒座下携带神力的存在，只能带去祥瑞，于是这人连连撞大运，又捕了两只。为防止那些神鸟出逃这人将鸟官的翅膀都折断，用麻绳捅穿翅膀像穿蚂蚱一样穿在一起，大摇大摆地上了王宫领赏。

王族大喜过望，将那些鸟官囚禁在假神身边，助他红运加身，那假神被人们憧憬得太久，也不知天高地厚，不知自己几斤几两，将鸟官囚禁在身边还不够，他突发奇想，如果吃了神鸟官又会怎样，会成为真正的春神吗？于是他便派掌勺大厨宰了神鸟官，吃了。吃了神鸟也并不会变的拥有神力，但是假神总觉得自己已经可以替代真神，野心越来越大，只是神鸟已经不能满足他，他还希望白兽诚服，于是派人寻找珍奇异兽。

神鸟伴身红运连连，假神派出的人总能顺利捕获神兽，逮捕并编成《百兽入药图鉴》专为探寻天下神药，取神兽身上血肉筋骨制成各式菜样及丹丸，斩玄蛇捕黄鸟，已有许多神兽惨遭人族残害。

秋天，草木神句芒在扶木之上歇了一整个夏季，秋季乍到他便召集百鸟官。座下百鸟官却有几位缺了席。这件事终于触动到了深居孽摇郡抵山的句芒，他伫立扶木之上，半眯眼睛，露着金芒环视一圈，他去拜访了谛听和白泽，这才突然发现几位百鸟官原来是被人族捕食，羽毛被制成祥瑞神器。

句芒回过神来，他知晓的人族的确软弱，问题就出在这仿佛一瞬的几百年，人族渐露锋芒，渐渐不满于傍山吃山傍水吃水，种谷捕鱼这样自给自足的生活。自从那只携带句芒尾羽的凡鸟出现，人类得到了红运还不知足，还妄图获得句芒神力，却因人族捕猎太多神兽，获得太多不属于他们自己的神力。仅存的一位神鸟官被神器所困，恐怕惨遭不测。句芒惊讶不已，亲自乘龙下往人界。

人族对句芒恭敬依旧。毕竟是掌管草木谷物的上神。

但是句芒眼睛所至便能看透人心，其中却有不少人族已经对上神虎视眈眈，心生罪恶诞生了捕获上神的大逆不道之事。

句芒不由哀叹，怒起，直问百鸟官下落，皇宫内外的草木植物疯长几乎要将建筑淹没，百鸟绕其身后。人族却拒而不谈，拒而不认。句芒能感知到百鸟官的气息，对人族这样的态度很失望，一怒之下草木疯长将建筑淹没，紧接着抽取草木精气瞬间枯萎，木质建筑在控制下木质迅速腐烂，露出铁质牢笼，牢笼中囚禁着神鸟官，鸟官啼鸣，双龙冲出将牢笼卷起卷碎，救出鸟官的混乱中，句芒看到了被做成神器箭羽的鸟官，心痛不已。但他生性善良，面对人族无法做出什么，只有感到深深的失望。

他深入扶木，不再掌管人间草木，只将神力散入自然，从此不再干涉草木生长，也从此再也不回应人族的祈祷，同女娲一般融入山川大河，正如他所想，这世间没有什么是真正永恒的。

我和妈妈逛超市

陈嘉伟

"唉，你说今天天气那么好，窝在屋里做啥嘛。"

"哼。"

我现在就是很生气，大冬天放假的，在屋里看电视暖和又舒服，电视上刚刚还在放动画片呢，我妈为什么突然要把我拉出来，买东西换个日子也可以做啥一定要今天，越想越不开心，不管你现在说什么好话我都不想听，烦人。

我妈也是看我这反应看惯了，啥也不说，连一般别人家老妈的叹气都懒得叹，就牵着我向她的目标商品去了。

一脸写着倔强的我，就算被牵着走也要走的有尊严有气势，脚步一定要踏得够重够响，期盼着妈至少会给点反应，把我带回去或者带我玩超市楼下的会唱歌的摇摇车我都可以不跟她计较她之前的作为，但是她没理我呀，什么回应也没有我就一个人在后面撒气，扯一扯手、蹲下把我妈赘着、小声嘀咕什么的方法都试过了，这些小招数，用着用着我也就烦腻了，毕竟再怎么说我们也都走到超市里边了，无奈只好继续一路小碎步被妈牵着走，但是心里的愤恨难平呀！我好生生的一天假期！

将不满画在脸上，写在嘴上的我埋着头嘀咕着："烦人嘞，鼓捣把我拉到这儿来……"一路上沉迷着抱怨，思想和现实完全不在一个平面上的我竟没感觉到来自左手指尖牵引力的消失，大脑没能及时处理这一信息，我便一股脑地冲我妈前边儿去了。但我妈这时候还牵着我！在我的冲力下，她杵在原地纹丝不动。顺着手心传到整个身体的阻力将我的上半身定格在了空间里，可惜超市新装修了一番，清洁有加的地板不允许我就此驻足，大概就是在这个瞬间，我脑内的怨气和怒火就跟着我的重心一块儿飞出去了。

一屁股坐地上的我只有满脑狐疑，双眼圆瞪着背后高高在上的我妈。

"你看，你看，喊你小心看路，光去抱怨去了吧。放个假出来走走嘛。"

妈皱着眉头，嘴角微微上扬，对我好言相劝，但是从另一个角度来看，又像是凯旋胜利者对自己对手的故作姿态，这样想一想心里还是来气。我双手拄着地准备爬起来跟我妈对峙，但是在一系列起身动作完成之前我妈先开口了，和刚刚无奈还有些微微烦躁的语气不同。

"反正都到超市来了，想不想买个啥吃的，"然后抬起手指了指我背后，"零食都在那边，你再过半年就三年级啦，也是个大朋友了，该自己逛超市买东西了，别个屋小孩早就自己做事了，今天就给你个机会自己去选吃的。"

呵，她终于放下了她高傲的姿态，不过想通过零食来诱惑我加入她，虽然心里不高兴，但是舌尖上的味蕾还是刺激着我，都说苦了心智不能苦了肚子，这次也就跟我妈妥协一下吧，虽然路上烦心事儿挺多的，但是至少回去了可以好好撮一顿，嗯，这次一定要买够吃几天的量，我可不会制止自己的手的。

"嗯……好嘛，"一脸镇定地爬起来的我，如此回答我妈，"那我买好多都可以喽？"

"你要啥你随便选，难得跟你出来逛一次，这次允许你随便拿。"

听到这我怎么可能不开心呢，但是我刚刚还在发火，怎么可以这样就喜形于色！即使笑肌已经将我的嘴角提起，我也要皱住眉头，作出满不在乎的样子，然后将脸转向身后的零食区，就只是想掩饰一下自己被零食收买的事实。

"哈、咳咳，那我就先过去咯。"我自以为自己以咳嗽掩饰笑意的伪装足够高超，同时间我举起我的右手轻指零食区，确认自己的耳朵没有欺骗自己。

"哼哼，自己去选，一会儿别忘了在这里碰头，我去那边……"我没把自己的脸给转回去，只听妈轻笑了一声，确认自己耳朵无误之后，我忍着笑意悠然地走向了那一批批贮藏零食的大货架，根本没顾着听我妈下半句话。

这短短的几米路就像踏着清风一样，小小个的我望着陈列在货架上琳琅满目的小口袋们，在欲念的驱使下，我感觉到自己的双手不再归我的大脑所管辖……

回过神来我的双手已经抱了好几包零食了，在刚刚的意识蒙眬之中，我大概凭手拿了好几袋薯片、果冻之类的，但可惜双手能拿的东西有限，不得不为自己曾经的战利品惜别；不过再怎么说，通过徒手抓住的东西可比购物筐子里装着的东西更能带给人成就感，更何况现在以我的力量还不足以提起一大筐子我想吃的……果然还是得找我妈帮我提一个筐子。

手里抱着这么多小零食，一边走着回到刚刚和我妈分开的地方，满心期待地寻找着我妈的身影，但是一时间内竟没发现她的一小段剪影，明明记得她说拿完了回这儿来的，她又跑哪儿去了……

啊，妈到底去哪儿了呢？她刚刚是不是说过什么？

或者刚出门的时候有提起什么嘛？进超市的时候她一直往这个方向来着，但是那边又没她人影，她会在哪呢？她现在又不快点出现，为了我的零食，我就一定要把她给找着了！

我尝试搜索脑海里的每一个角落，想要找到线索就必须还原当时的场景，不能放过任何一个细节……

"可可，起床啦，早点起来今天有事！"

"唔……我再睡会儿……"

"来把早饭吃了，吃了你要一会儿。"

"都九点过了，走，莫看电视了，难得出个大太阳，我们出去走一会儿逛个超市。"

"哎我不想出去，本来放个寒假好好的，起那么早懒觉都睡不成，现在电视也不让看，好烦哦。不去。"

"去嘛，去买个东西，寒假还没过几天你之后还有的是时间睡懒觉呢，莫那么懒，来，出来走一会儿。"

"不嘛不嘛！"

"来来来，这几天我跟公安局里请了个公休假，平时你又都在学校，哪里有啥时间出去逛嘛，陪妈妈逛一会儿总可以咯？你也可以买些零食回来吃嘛，懒得后面几天再出来喽？"

"今天不想去嘛……"

我当时是这样被我妈拉着出门的。

"我不想去，还不如在屋里耍。"

"去超市买吃的你也不想？"

"不想，屋里还在放动画片呢，你去买就好了嘛我才不想出来，外头还那么冷。"

"不就出个门嘛，动画片之后要重播，反正寒假你也是一天窝在屋里头，你啥时候想看都可以。"

"好烦哦！我现在就想回去！"

"你咋那么不听话呢，出来走走多好，你看你现在那么胖，妈妈也是想跟你逛逛才带你出来的！"

"我长身体呢，我就不想出门！"

"哪有你这种哦，来来来走！"

……

"唉，你说今天天气那么好，窝在屋里做啥嘛。"

"哼。"

……

就到刚刚与我妈分别为止，我一直阻挠着我妈的行程，但是说到底还是没想起我妈到底要去买啥，她到现在也都还没出现，我只有边在附近踱步徘徊边继续等继续想。

"你看，你看，喊你小心看路，光去抱怨去了吧……"

"反正都到超市来了……"

"你自己去选吃的……"

"难得跟你出来逛一次……"

"哼哼，自己去选，一会儿别忘了……"

"一会儿别忘了？别忘了……"

"别忘了在这里碰头，我去那边……"

在这里碰头，现在我在这里了，我妈去了那边，那边是哪边……当时她有指吗？我看见了吗？我当时在做什么？我好像直奔着零食区去了什么都没看见，不过总会有线索的，想想家里是不是缺什么，我应该余光瞥见了我妈去了哪边……一个人孤立无援的，刚刚还神气着的我，现在竟然有些憋屈想哭！这种情况不能哭出来，我就不信找不到我妈了！

家里最常需要什么……我看向了生鲜区，她的方向好像是……

她应该在……我眯起了眼睛寻找。

我往那边挪一点，我再找一找。

咦，会不会是……

……

"哎呀，小家伙你怎么在这儿呀！"一阵入人心的清澈带着点阿谀的男性嗓音穿透了我的耳膜，我的思维就此中断，脸上略显慌张焦急的神色定住，眼神和思绪都被这从身后传来的音色所吸引。我不禁转过身，想看看他是何许人也。

很冬日的服装搭配，也是很普通的冬日搭配，真有人要评价的话大概就是一身灰黑，袄子和裤子的色块倒是挺整的，上下唯二的亮色就是他的颜面和以白色为主、颜色复杂的运动鞋，是真实的直男审美穿搭了；他时不时伸出手还会让他全身上下多出一两块亮色。他个挺高，至少无论怎么说都比我这个小学生高，据我匮乏的发艺知识来断定，他应该理的是平头。如此平淡外表的一个人、一个我好像没见过的男子就这样叫住了我，如此亲密的语气，他是不是认识我爸妈或者谁？

"小家伙一个人走，找不见爹妈了吧？"我现在就急着找我妈，也就顺势点了点头，"诶，她在那边儿呐，我带你去。"他指着一个方向，是我之前没想到的地方，远远望去那边有日用品，也的确有这个可能，这个超市也刚装修了不久，那边除了日用品说不定还有别的，我妈说不定也在那儿，总之去看看吧……

"哦……"这样回答了他，然后我就想也没想地抱着自己的零食跟了过去，我不要他牵我的手，首先我不认识他，更实在的是，我手上还有宝贝呢，没空搭他一只。

"说不想来超市，要把我拉过来，现在我找你又找不到，把你找到了我要打你！"

小声嘀咕着，刚刚的事太让我恼火了，搞得心里紧张兮兮的，差点哭出来还差点被这个人看到，烦死了！

穿过刚刚我穿行过的零食区货架，注视着高个子黑衣男的背后，超市的灯光和货架高大的影子交替着，一会儿黑一会儿白，闪得我眼睛难受。

气死了，还得找这个叔叔带我去找我妈，找到了我妈又要说啥？反正我绝对要骂她，好好的一天就被这逛超市糟蹋了，下次看她还带不带我出门，反正我就要拿这次说事，以后没事别把我拉出门，我还想在家里看电视呢。

这个叔叔又是谁，反正一般我不认识的就是我妈单位的了，现在就跟着他找我妈了。

路途也不长，这叔叔过程中也一句话不说，但是人声越来越大了，回头看了看，和妈约定的地方越来越远甚至看不见了，刚刚心里的焦躁和恼火中出现了一丝丝的紧张，小小的我考虑到了找我妈之外的情况。

走着走着，来到了一处人挤得满满的地方——没想到这里竟然是收银台，我妈难道就这样背着我一个人走了？我还站在原地等她呢，我还拿了这么多零食，怎么可以说走就走？

我和这个男的排在人流后边，在收银台前静站着。虽说心里的火气一直不散，但是对于眼前这个男的，我还是开始产生了疑虑，我妈说的是要去哪儿买啥来着，干吗跑外边去？刚刚就快想出来了明明……而且他怎么就认识我怎么就知道我要找我妈？

我们前排的人结清了钱走人了，这个男的领着我准备出去，但是无论怎样，你要让我出去你得先替我把手里这些零食的账结了吧？我停在收银台前，把手上抱着的零食一包一包摊在收银员阿姨面前，然后望着自顾自走着的那个叔叔，他还没发现我停下了。

"阿姨，那个叔叔，"我指了指那个男人，"他算钱。"

"这位先生。"阿姨叫住了这叔叔，他略带一点点惊愕的面孔转了过来，不知道的人看了绝对觉得特滑稽，大概是觉得他忘了结账就走了吧。我指了指眼前的大袋小袋。

他迟疑了一下，以肉眼可见的微小幅度进行了一番左顾右盼，不知道他在那边犹豫什么，但是很快他恢复了一种平静。我还静静地、怀疑地、焦虑地瞪着他付钱，然后等他去履行他的诺言呢。这么期望着，但是他接下来的行为让我实在难以理解。

他让我跟他一起抱着这些零食，走回了超市里边……

"把这些零食退掉，放回去。"

"啊……啊？"

说实话如果他帮我结了账我还有可能继续跟着他，但是这么一句命令实在让我为难，你这是在虎口夺食呀？你是哪位先生，让我放下被我选中的零食，不是我爸不是我妈的，为什么管那么多！一开始看着和善，伤及自己钱包就凶相毕露了！这家伙一定是坏人！

"好了，小家伙乖，把东西放回去我带你找妈妈去。"他低声下气，用只有我听得见的语调跟我说话。

如此的语气和情景，已经足够暗示他的身份和目的了。

这时我该怎么办？书上都说什么别跟陌生人说话，别轻信陌生人，更别信什么"我带你找妈妈"之类的话，然而没想到这事居然真的会发生在自己身上，现如今我妈不在这，面对面前这随时都可能对我进行惨无人道之事的定时人形炸弹，我能做什么？虽然他现在什么都没做，但若是万一他想要加害于我怎么办？这一切本都不应该发生，自从当时自己因为一时心急和冲动上了贼船开始。这一切对于我这个小朋友来说，都太过激烈了。

"咳……呜……呜呜……"

基本没有反抗能力的我，拿出了自己的底牌——哭，即使哭并不能真正为自己带来帮助，但是无论怎样，能使一招是一招，指不定还可以趁机牵制这位对我图谋不轨的老男人。

那男的也开始手足无措了，在小朋友的眼泪面前谁能无罪？路过的人多多少少都会往这边看一看，凑个热闹，而就在这个时候！

"可可！"

啊！是熟悉的声音！

一边低声啜泣着，一边循着声音望去，一个威猛的幻影正飞奔而来！精干的短发、加绒的棉袄都踏着她的运动鞋的脚步律动着！每一步都有着一股气势，就着势头而来的气浪能让隔壁厨具区炸开锅！刹住脚的关键一步，踏地稳准而狠，万籁俱寂只有她嗒嗒的足音贯穿了每个人的耳神经，立住身的那股气势足够逼人，让那位陌生的老男人都退避三舍。

她第一眼就看见了我，灼热的视线聚焦在我身上，周围的一切仿若虚无，各种阻碍在她面前形同虚设。她不发一语，她的视线从我身上移开，在周围的一切上搜集线索，她从她多年的经验里判断出了这里发生了什么，又是谁导致了这一连串事件的发生——她的目光最终定位在了那个离我最近的，面容惊愕，神情紧张的老男人身上。锐利逼人的眼光刺得那老家伙直哆嗦。

而那就是我妈！我的救星！虽然在这之前我还对她烦得要死……但无论怎么说，她出现了！她要救我于危难之中！只能说我妈不啻是一名人民警察呀！

"妈……妈！"我大概是用带着哭腔，从嗓子里挤出来的声音，小声地呼喊着她。

在几分钟前还想的是如何说她要怎么气她的我，现在已经无所适从，只想被我妈的手的牵引力带走，被领着走出这个是非之地。

这么大气场和动静再加上这奇异的景象，不引得路人驻足围观才怪，但是这一切都不能撼动我妈！她狠狠瞪着那个呆住的老男人，那个男人望见了她，呆滞了一瞬然后耸起肩灰溜溜地经过收银台走出去了，没有说一句多余的话，以免成为呈堂证供。我妈牵着我的手，不理会其他任何人的目光和闲话，径直地将我带出了收银台的人群，这一切发生之突然，我还没来得及拿手来擦擦眼上的泪花，第一声似笑非笑的笑声还在嗓子眼里就被我妈的狠劲儿给一块带走了。

"你看看你，你在干什么？"带着我一路走回分开的地方的妈面露愠色，"跟你说了我只是去买个水果，你怎么就忘了？你晓不晓得你刚刚差点就被人拐了！"

妈吸一口气却欲言又止，皱着眉摇了摇头，"好了，把东西拿了我们就赶紧回家。"

我知道自己做了错事，直到现在我才真正确定那个男的不是什么好人，大概就是个人贩子，但是我一开始居然相信他了，居然就真的这么跟他走了……为什么我一开始没有发现呢……

就算最后跟着我妈买东西，我挑零食她装进购物筐，最后大半的筐子都装满了，我还是一直沉浸在刚刚发生的事情里；选了和刚刚一样的薯片、果冻，还选了更多更多的小零食，填充了整个筐子，但是量再多的零食，现在仿佛也抚不平我内心的余悸。

买零食和结账的过程是怎样也都不重要了，临近中午的大太阳发射出来的波大概就像枪林弹雨般打在我们的头顶，纵使那种感觉即是温暖。我现在被妈的手牵着，思绪万千，也只想被我妈的手牵住。我们提着购物袋，她一大袋我一小袋地提着我们的战利品走在回家路上。

有那么一段时间，我妈短暂地松开了我的手，是她在摆弄她的手机。

"喂，你好，啊哈哈……"

"……哎，我家宝宝还是不够听话，就这么跟着……"

"……麻烦你了，这小家伙还没长多大，我会多管管他……"

断断续续地听见我妈跟电话那头的人说些什么，但那是大人的事，我之后自然也懒得继续偷听了。毕竟如果和我没有关系我还有什么必要去关注它呢。

看着自己提的口袋里，刚刚抱过的薯片，还是让我心有余悸，实在太难以置信了，但是妈又在关键时刻挺身而出，仿佛一切都是上天的安排……

"以后你可得小心了，说了莫信陌生人，莫跟陌生人走。晓不晓得我刚刚找你有多着急……"

"……"

"……这次就长个记性，以后可千万别再犯错了。一会儿我和你爸给你做好吃的。"

"嗯……"

我紧紧牵着妈妈的手，走在正午寒意中带点炙热的阳光下，妈妈牵着我的手，我也不想放开。

他

范钰雯

第一章　凤娇

　　"嘿，他啊，我早就知道世上哪有这么完美的人，谁知道他背地里干了多少亏心事，这就是报应。"她将手中剁肉的刀子砸在乌黑的案板上，将那只短到像小脚趾一样的烟蒂扔到地上，然后手在满是血迹的围裙上胡乱地擦了擦，"我知道，我知道，以前我是会多给他两斤，那也是因为他那时穿的还是体面的套装，还没露出马脚，还经常在我这买肉，现在啊所有人都知道了，哦，除了那个寡妇还觉得他是个好人其他人都知道，他早有预谋，他早就想除掉那些他公司里反对他的人，哼，我早就知道的！"在发出那个"哼"字时，气流从她厚厚的鼻腔中被推出，产生着一种轰响的共鸣声，她说得如此坚定好像亲眼所见似的，又好像那林景知就是这案板上的肉，她剁肉剁得更加起劲了。

　　后来凤娇便真的再也没有卖肉给林景知，他的太太也被她拒之门外，这甚至是成为她另一个值得骄傲的点，谈起这个话题她总是得意扬扬的，先是在家庭晚餐上给丈夫和四个孩子讲，然后在晾衣服的时候给酿酒坊和纺织厂的女工和太太讲，最后她给每个去她店里买肉的人都要提上两句："唉，你知道我们村的林景知吗？听说他自己天天被绑在椅子上，公司也快要倒闭了，自己的女人要跟着一个隔壁村的大老板跑路……"

她一遍一遍眉飞色舞地说着，就像自己是个抗战胜利的小英雄一样。

第二章　秀莲

"他，他可能其实真的没做错什么，可能他真的是个好人呢？"秀莲急匆匆的抖搂着手中的衣服，心里原本想着家里的磨坊会不会现在有人来买豆腐，却找不到自己的人，现在却被那猪肉铺的太太强行扯进了话题。

"当然，我是说可能。"她的余光看到凤娇那圆滚的身体突然转动，她知道凤娇在用一种难以置信的神情望自己，不过幸好那天太阳很毒，她戴着她那顶白帽子，这样只要她不抬头就不会看到凤娇的脸了，秀莲真希望这帽檐能大到将她瘦弱的身躯也全部裹住，"他那无法自我控制的翅膀让多少人进了医院你忘了吗？难道这是什么也没有做错？还有一个甚至从窗户摔了下去，死了！难道这也是什么都没有做错？"凤娇的声音突然提高了八个度，惹得所有人都回过头来，秀莲不再说话匆匆晾好衣服就要离开，却因为走得太急不小心绊掉了一只鞋，又一次惹得凤娇冷哼一声。

几天后秀莲来收衣服的时候发现她的衣服都乱七八糟的揉在地上，沾满了土，她只得将它们又冲洗了一遍，自那以后她也只真正的在街道上见过林景知一次，在那条她每天去完集市回家的小路上，当他迎面走来时，她并不像从前那样迎面遇见的时候微微低下头去，看着自己的布鞋和林景知的锃亮的皮鞋一步步靠近又远去，而是上下打量打量，不知道多久没换的衣服乱七八糟的挂在身上，衬衣扣子整体错位了一个，拖着他没毛的长得足够大的翅膀一步一步缓慢地走着，翅膀落在地上的那一侧被拖得血肉模糊。

"看来他们说的是真的"秀莲这样想着没有回头，但是林景知一拐一拐走路的样子却在她脑中挥之不去，"他真的被他们拔去了羽毛，但或许这样对大家来说是最好的结果吧！"后来不知道为什么她也不卖给林景知家豆腐了。

第三章 宋淑芬

现在凤娇和淑芬是镇上最好的姐妹了，淑芬每天最爱做的就是到处哭丧林景知对他的"迫害"，不过想想也是，除此之外她确实没什么好做的，到了一天的下午，太阳没那么毒辣的，工人们陆续下班的时候，她就穿上她那套最为破旧的衣服去到酒馆中，占个好位置。

"我真是个可怜人啊！"开始她只是微微抽泣，这时坐在隔壁的应该会是个五十来岁的穿着还算体面的男士，或者是三十来岁梳着背头的男子也还不错，"我丈夫，我丈夫那么好的人，竟然就这样遭他毒手！"她开始哭的上气不接下气，好像下一口气就要喘不上来倒下去似的，凤娇就在旁边一边附和着，一边给宋淑芬顺气，开始每每都要吸引来一屋子人，认同的声音此起彼伏，最后以众人对林景知愤慨的谩骂结束，但不久后人们好像对此渐渐失去了兴趣，酒和政治又重新成为酒馆内主流话题，直到宋淑芬在家中用刀子划伤了自己的手腕。

第四章 赵有才

"我已经连续听了那该死的故事两个月了，前天就因为她，哭走了我这有史以来最大的顾客，要是那老娘们再敢来老子的酒馆瞎胡闹，我可指不定会干出什么来！"二柱坐在门前的树荫下的石头上，看着远处路上被扬起的黄土，鼻子和眉毛几乎要攒成一团，然后猛地吸了一口手中新点起来的烟，旁边是个二十出头的小伙子正在将墙上自己刚贴好的新闻报的边角抚平。

"哦，先生，我个人以为宋女士的伤心是合情合理的，您就让她哭吧，就当是做做慈善了。"他转头看向二柱，"不过我真羡慕他，当上老板的时候也才还不到三十岁，他家的房子怎么说也得有三层楼那么高吧，还有私人的游泳池和高尔夫球场，高尔夫球你听过的吧，那些城上的有地位的人都喜欢，当然我也喜欢，他还有个美丽动人的妻子，你也是见过的对吧，谁不想拥有这么美丽的妻子呢，更让人羡慕的是他还拥有了一对翅膀，您知道那翅膀有多坚强吗，那些无知的人拔了它，而它们只需要七天就能奇迹般的长回来！"有才越说越兴奋，仿佛踩在滚烫的地板上一样，他停顿了一下弯下身去将乳胶桶的盖子"撕拉"一下撕开，将滚筒从密封袋里扯出扔入桶中，胡乱的搅和了几下，他继续说道："其实我想了很久，先生，这可能是上天的指引，指引我应该飞去更大的城市，就像林先生，上天知道他不应该就蜷缩在我们这个落后的小镇一辈子，他应该去更远的地方打拼，就像我，唉，先生，您这样可不太好吧，算了，这次我就勉强原谅您一次，先生。"最后有才将桶中的乳胶倒出去大半桶才彻底将二柱扔进来的烟头和烟灰清扫干净，有才一边无奈地摇头一边将下一张报纸贴上墙，"天哪，我的上帝！"有才一把将它扯下。

"入狱？上帝会惩罚你们的，这该死的宋淑芬。"

第五章　父母

"不接受，不接受，我们不接受采访，你们回吧，我没什么好说的。"记者都来了，一个个要把录音笔戳到他老人家的鼻孔里似的。

"先生，对你儿子入狱一事你有什么看法？""他是真的无心之为还是外界所猜测的故意而为？""先生，先生看这里你和你儿子下一步的打算是什么，会卖掉公司吗？"咚咚声不绝于耳，明明是秋老虎的天，他却穿着快长到脚踝的大衣，脱下大衣，挂起帽子，父亲深吸着屋内浑浊的空气，母亲坐在屋内楼梯上，掩着面，不知道是在哭，还是在沉思什么，时间仿佛静止了只有那咚咚声还提醒着他们时间的不曾停息。

许久，母亲开口了："还记得三年前吗？公园那个雕塑下的那次，还是这群混蛋记者，还记得他们是怎么说的吗？"她突然脸上有了一丝苦笑："说说您是怎么教育出这么优秀的儿子的吧，您还真是教育有方，您儿子真是为我们镇上争光，您真是一个好母亲……他们以前是这样说的。"从声音上判断记者们决定明天再来于是纷纷散去。

不一会是卡车的声音，攘着花园中的枯草开到门口："是林先生家吗？我是受法院任命来的，由于你无力偿还你对宋淑芬女士债务，你的房子以及家居将作为抵押于今天封锁。"

第六章　女儿

"奶奶，妈妈真的要走吗？爸爸什么时候回来？"

第七章　后来

宋淑芬也真的死了，凤娇听说这件事的时候是在去集市的路上，她突然愣住了，再三确认他们说的确实是那个因为林景知死了丈夫的宋淑芬，她哦了一声继续向集市走去，听说还是因为割腕，在林景知入狱七天后，有人说是因为忍受不了丈夫的死，有人说是一时失手，有人说可能是对林景知的愧疚。

而第八天就彻底没有人再讨论宋淑芬的死了，林景知逃走了，准确地说是他的翅膀逃走了，他的翅膀又长出了新的羽毛，更加丰满，更加洁白的羽毛，在那个夜晚带着林景知逃离了这座小镇，而赵有才更加坚定了这是上天对他的指引。他今天就要辞去他贴报纸的职务，他要去城里，虽然不知道要去干什么，但是先去就是了。

三个月后林景知的父母带着他的女儿也彻底离开了，他们可能去了别的小镇，别的没有宋淑芬和记者的城市，而在快半年后林景知的妻子坐上了隔壁老板的福特汽车，她还是那么美丽，车窗后美丽的侧脸成了她留给这座小镇唯一的影像。

一年后有人说在夜晚镇子的入口看到过一个全身赤裸的男人，他静静地坐在路边的石头上，洁白的羽毛被风吹拂着，深邃的眼眸看向镇子中的点点灯火。

马克

贺天

　　马克看起来还算乖巧，皮肤不是很白但也不黑，个子不高但也不矮，说话的时候声音也不大，也不太敢跟人对视，不像是会惹事的娃，这放到人堆里，准注意不到他，就算注意到了，也是一晃而过。但是，他虽然看起来平凡的很，心里却不这么想，他总是向往着美好的生活。刚好，马克算是他们村里的幸运儿了，家里有点小钱，却没有文化，家里人不甘心，就把马克送到了镇子里的小学读书。从没出过村儿的马克这回算是开了开眼：跟村里不同，镇子里人多了好几倍，白天的街道上似乎一直都有人在走动，马克自己的村里穷巴巴的只有两个小卖部，还隔了大半个村的距离，可镇上，这隔着十几米就是一个店，有些甚至还紧紧地挨着并排着开店。这么一瞧，就连镇子里的小孩似乎都比村里头的高上不少。

　　马克是插班进来的，跟谁都不熟，谁也都跟他不熟。可是观察了几天，马克还是发现了那个中心的小群体——以那几个个子高的为中心的，尤其是那个皮肤黑的大男孩，就是这个班的核心。一下课，男生们一下就围了上去，看似是好几个人在聊天，可是每一个话题那个大男孩都会发言，或者说，是大家都在等他发言，就好像他能在任何时候结束或者开始任何一个话题似的;有时候，高年级的大孩子路过了班级门口，要是看见了那个男孩，准会伸出手跟他打个招呼;可能是因为他的嗓门太大吓人，也可能是他块头大得吓人，女生们并不会靠近他，但也不会躲开很远，总是跟他保持着差不多四五米的距离，却还是会偷偷地不时地瞄一瞄，看看他——天哪，这种感觉太好了! 马克心里痒痒的，他也想得到那样的对待，可是他一看自己，不瘦但也不壮，嗓门是比小时候大了不少，可是也还算不上大声，太平凡了，他左思右想，思考着到底该怎么办……几天之后，马克的爸爸来了学校，邀请了好几个马克班里的大个子的学生跟马克一起出去吃饭。这就是马克想到的办法了，刚开始，大家都有一点尴尬，但是当一年可能才能吃上几顿的菜肴摆上来时，大家的注意力都不在尴尬不尴尬上了，没过一会，性格活跃的小孩就开始"缓和起了气氛"。趁着大家吃好喝好，马克的爸爸找到了黑皮肤的大男孩，他一手拍着他的肩膀，一手拍着马克，嘱咐大男孩多照顾照顾自己家的马克，有什么困难就来找叔叔，叔叔一定帮你……说实话，这可真奏效，从那天开始，马克顺利地融入了这个高个子群体中，成为班级中心的"一员"。他也跟着其他男孩一起，找话题，然后等着黑皮肤的大男孩来发言，有高年级的跟他们打招呼的时候，他也抬起手附和着打招呼，他总是偷偷地瞄女生的视线，来看看女生是不是正在看着这边……

马克对自己的生活还算是满意，这么几年下来，马克慢慢也成为自己生活圈子的主力，周围的人似乎也开始围着自己转悠了起来。当马克小六的时候，学校组织了一次远征活动：带着六年级的学生作为代表，去城里参加了个什么开幕式的活动。这不去还好，这一去，马克的心里可是翻江倒海了。这经过了几年，镇子上哪里还有不认识的人呀，就算叫不上名字，也混了个脸熟。可这城市里的人，怕是陌生人多得用一辈子都记不住呀！这城里人穿的衣服，别说是款式了，连颜色都没有完全一样的！城里的人都特别的干净，挺拔，有礼貌，他们从不扯着嗓子说话，但是声音却控制的刚好能让想听见的人听见的音量；城里人吃的，用的，有好多好多都是马克从没见过的，在马克的镇子上，过了 21 点，就很难再看到街上开着的店了，可是在这儿，似乎从没有关门的时刻……马克自己是有手机的，也不知道是家里人花了多久才给买上的触屏手机，几个星期前，马克又不小心把自己的手机屏幕给摔坏了，家里还没来得及给马克拿去修呢，但是马克一点儿也不担心，毕竟他班里有手机的能有几个呢？就算有，也都是带按键的，即使是屏幕碎了，他拿的也是最好的手机了。可是此刻，他都不好意思把自己的手机拿出来，城里人的手机，无一例外都是触屏，还都比自己的屏幕大上许多，别说碎屏了，人们拿的手机是连个划痕都看不见啊……马克太难受了，他忍不住想跟城里人说说话，可他一开口，对方就尴尬了，马克的口音谁都听不懂，对方只能是尴尬的笑一笑，眨眨眼。在这一刻，马克对世界的理解产生了新的认识，原本他以为，人们是有自己的"圈子"的，这个"圈子"混得不好，那就换个更好的"圈子"，可是现在，马克开始觉得，这个世界是存在"等级"的，你不在这个等级中生活，你就不属于这个等级。

回到镇子里的马克如坐针毡，从前的舒适的环境现在对他来说就是带了刺的，他再也不觉得自己是这个圈子里的佼佼者了，他甚至开始为自己竟然还是这些圈子的中心的一员而感到了羞耻。他再也无法忍受在一个学校里看到好几个"撞衫"的人，再也不愿意去看自己碎屏幕的手机，他受不了朋友和老师的口音，也受不了自己的口音。城里的生活对他太有吸引力了，他每天，每时，每刻都在向往着城市的生活，不管看到什么，用到什么，吃到什么，他总是会拿来跟城里的作对比……

马克最终还是跟家人提出了去城里上学的想法，他努力地争取，但是却没有能够得到支撑，为什么？钱啊！一个镇子姑且还够得着，但是要去城里，家里实在是拿不出来了。马克跟家里大吵了一架，扭着脾气连家都不想回，可是他能怎么办呢，他只是个十多岁的小孩，他能干什么？

不知道从什么时候开始，马克变得安静了许多，他不再像以前那样混圈子了，也不吵着要去城里了，他看起来郁郁寡欢，无事可做，干什么都提不起兴致……

马克初中毕业之后，家里决定不再供他读书，而马克却没有表现出不满，相反的，他似乎还有些兴奋，就好像是期待已久的事情即将要发生一样的兴奋——是的，他期待了很久了，因为他的家人已经答应他，他一毕业，就可以去城里找工作，去城里生活！他太兴奋了，他早早就收拾好了行李，迫不及待地跟家人道了别，拿了基本的生活费，就闯进了城。

这回他算是如愿以偿了，他并不需要做太多的工作，家里会给他基本的生活费，他只需要稍微工作一下，算是给自己挣个零花钱。在初中的几年里，他每天都在幻想着如何在城里生活，而现在，他把他所有的幻想都付诸了行动，他每天都拿大量的时间穿梭在自己没去过的街道里，一遍遍地寻找着新奇有趣的事物，他努力地矫正着自己的口音，尽可能多地给自己买新的衣服，每天都好好地洗澡，努力地让自己融入这个美丽的大城市中。

马克找了一份比较稳定的工作，小超市的收银员，工作的时间也不长，大概也就是隔天几个小时的工时而已。他的排班总是排在了上午，因为晚上要好好地去享受城市的夜生活。一天，店长找到他，拜托他换一次班，希望他代替另一个店员顶替一次晚上的排班。马克心情很好，当然没有拒绝，于是他跟往常一样，悠闲的待着收银台前刷着手机。可是马克却不知道，这个小超市是开在一所重点高中的旁边的，晚上九点半一过，下了晚自习的学生们从小超市外蜂拥而进，那气势把马克吓了一个机灵。成堆学生们一边嘈杂地谈论着，一边选购商品。马克是头一次遇上这种情况，一不小心着了急，有些手忙脚乱起来，有好几次都没把商品刷上，之后撤销了从头再来，毕竟是重点高中的学生，态度都很好，并没有催促他，而是一边闲聊，一边在旁边耐心地等。这似乎是给马克一个机会——这帮学生谈论的，似乎是他知道的东西，可是又像是他从没有听过的东西：有些学生会谈论某些数学题目，但是却夹杂着一些奇怪的英文，像是 cos 啊，tan 啊；有些学生会谈论起政治或者历史的解题思路，但是却像是解数学题一样用条条框框的像是公式一样的东西去解答；他们谈论高考，谈论未来，谈论梦想……当学生们谈论某些他们未知的或者还没有得到的东西时，却并不焦躁，就好像是不久之后这个问题就会解决一样，他们谈吐大方，愉快，自信，即使他们穿着完全一样的校服，甚至是梳着差不多的发型，但是他们却不会因为外表的相似而失去特色，他们不骄不躁，每个人都是一副满足的样子；而店里的其他常客，若是遇上了这些学生，总是面带善意，关心的慰问上几句——马克一时看呆了眼，这跟他从前见过的完全不同，他总觉得，这些学生就是"人群的中心"，周围的人总是在注意着他们，但是他却想不明白这些学生和别人有什么不同，他只是不自觉地被这些学生吸引，想过多跟他们相处一会。

就这样，马克跟店长主动加了班，每天晚上，他都期待着这些学生下课，来店里转一转，听听他们的对话，希望能明白到底是什么这么的吸引他，可是几个月过去了，他却还是没弄明白为什么，他并不是喜欢他们的谈话的内容，那些东西虽然有趣，但是他听不明白，相反的，马克总觉得，自己离这些人的世界越来越远，就好像是有什么东西把他和这些学生完全隔离了开来一样……这个想法慢慢地像热油一样浇在他的心头，他这种距离感让他觉得自己又渺小又无助，就连他从前的美好的城市生活，也无法消除这份痛苦，他又开始郁郁寡欢起来，又再次提不起兴致，他每天和这些学生们见面都觉得痛苦，可又舍不得不去见他们……他再也不能忍受下去了。

这天上午，马克无所事事地在街上漫步，心情很是郁闷。途中路过了一所大学，这是这个城市最好的大学，应该说，这是全国数一数二的好大学，大学是向外人开放的，所有人都可以进入到校园里四处转转，马克好奇，就进去了——校园里乍一看，跟外面的街道并没有什么不同，同样是好砖砌的房子，做的极致的绿化，和没有垃圾的干净的街道。不同的是，这里的气氛同外头截然不同，每一个擦肩而过的人，都带着一股"高贵"的气质，他们稳重，井井有条，眼神中带着坚毅。即使是小个子的学生，却仍然带着一股强大的气场……马克太喜欢这里了，在他的眼里，这里就像是一个"上层等级"。他太想在这里生活了，这里看起来是多么的高贵啊！可是马上他就泄了气，这远远超过了他的承受范围，无论怎么他也不可能在这里生活呀！

马克垂头丧气的准备走出校园，就在这时，他偶然听见了大学门口保安室里的对话，似乎是打算招新的保安……保安！天哪！大好机会！马克一下兴奋了起来，他怎么没想到呢！他赶紧推开保安室的门，踊跃地推荐了自己……

虽然费了不少劲儿，但是两个月后，马克如愿以偿，成了这所大学的保安。不知道为什么，他总觉得自己似乎是"升高了不少级"，在小超市的时候，他还不怎么敢跟学生们讲话，但是现在他却有了一种可以跟学生对话的"自信"。每当有学生进出，他就热情地跟学生打招呼，每当学生没有带学生卡，需要跟他进行登记的时候，他表面上看起来是在认真严肃地工作，而内心却非常的雀跃。如果学生在门口等车，或者是等外卖的时候，他总是忍不住就搭上一两句话，如果学生需要帮忙开门，或者拿东西，他总是非常的热心……他觉得自己似乎成为这个高等级的一员，在最开始的一段时间里，他每天都很满足，这让他回忆起了小学的时候，那时候，处在那个大男孩圈子里时，也是这种愉快的满足感。

然而，一个月过去了，两个月过去了，渐渐的，半年过去了……马克又开始焦躁起来了——他同这些学生的对话，除了打招呼和一两句闲谈之外，再也没有任何新的接触。以前在小超市时，借着收银员的身份，他还能听到不少新鲜东西，可是现在呢，谁会在大门口停留很久呢？大学生同高中生不同，稚嫩的高中生并不知道如何拒绝他的搭话，当他偶尔跟高中生搭话时，即使有些尴尬，但是高中的孩子还是会跟他把一个话题进行完整再离开，而大学，尤其是这种有名气的大学，每个人都能圆滑地拒绝他的搭讪。渐渐的，强烈的焦躁感充斥着马克的内心，他感受到了前所未有的孤独感，他感觉自己就像是一个异类一样，是这个"幸福大学世界"中的异类，似乎他周围严严实实地包裹着厚厚的"瘴气"，即使是在这个被幸福充斥的巨大的校园，也无法化解他的"瘴气"。马克太煎熬了，这幸福的上层世界明明就在他的身边，他明明就呼吸着这个世界的空气，触手可及的距离，但是却无论如何也融入不进去……

马克不明白，到底是什么阻断了他的幸福，他想来想去，抓破了头皮，也只得出了一个结论，他天真地认为：一定是因为我的"等级"不够高，是的，我只是一个小小的底层保安而已，如果我能爬得更高，一定会变得快乐的！

马克开始让自己耐下性子来，他想起了他的父亲，虽然他的父亲现在并不能再像小学时那样帮助他，但是马克却可以向他的父亲"学习"。马克等待着机会，他在脑袋中一遍又一遍地构思，琢磨着他的计划，就像他初中时等待着去城里的机会那样……终于，他等来了这个机会——他捡到了一个学生丢失的手机。他太兴奋了，当这个学生匆忙的来找到他的时候，他别提有多高兴了。

这是一个白白的戴着圆眼镜的短发的女学生，看起来有些壮，但却很面善，还有点胆怯。当她来保安室询问手机丢失的问题时，马克马上激动地上前，他用力地握了握她的手，说："哎呀！太感谢了，你终于来了，来来这是你的手机！"也许是太久没跟学生说上话，马克激动停不下来，迫不及待地说出了自己的计划，"我……我有件事儿需要你帮帮我！你帮我写一封感谢信好吗！不用你写！我已经写好了！你就照着抄一遍！"说着，马克从笔记本上撕下了几页纸，纸上零零散散地写着好几个版本老套的感谢的话，并且有筛选过的痕迹，但是开头清一色的都是：我是 XX大学的学生 XXX，我不幸丢失了我的手机，是保安处的马克同志找到了我的手机，他拾金不昧，立刻寻找失主……

"最后一句感谢的人不要写我！就写我的领导的名字！来，名字我已经写好了，就是这个，你就感谢他！"女学生有些慌乱地愣在了一旁，有些无语，她心里琢磨着，这能拿回手机固然感谢，可是其实这手机已经很旧了，内存也满了，触屏也不怎么灵敏了，本想着要是找不到了，就趁这个好机会直接换个新的，要不是他通知我，我马上就要下单新手机了……天哪，这可好，还不如不找到的好呢，这哪里是"帮忙"呀，这分明就是"索要"呀……

马克可看不出来女学生的心思，他拿着自己准备好的"稿子"，接着说："我还想让你帮我做个锦旗，也是感谢我们领导的！这里有好几句格言，你看看哪一句合适，不合适的你再找找，钱我出！你就做好了给我就行！明天！不，后天，我一直在这，你做好了就送过来给我，感谢你！"

这哪里是女学生感谢马克呀，完全就是马克在感谢女学生呀！送走女学生之后，马克沾沾自喜，他反复在脑袋里想象着领导拿到了感谢信，拿到了锦旗之后的反应，他期待着自己"升官"，期待着自己美好的未来……

两天后，马克并没有等来这名女学生，他很焦躁，但还是安慰自己：没事的，大学生嘛，忙啊！明天她就会来的！

但是第三天，第四天，第五天，女学生都没有来的意思，马克越来越焦躁不安，他又生气，又后悔：肯定是因为自己没控制住，太激动了，把学生给吓走了！太可惜了！太可惜了！马克太不甘心了，好不容易才盼来的这个机会，却没能把握好。

　　马克再也没有等来这名女学生的感谢信和锦旗，他绝望的在自己的"瘴气"里郁郁寡欢，每天都提不起精神，没有干劲儿。

　　这样浑浑噩噩地过了几个星期，这天，无精打采的马克疲惫地在校园里巡逻，突然，他眼里闪烁起了光芒——他发现，在一个不起眼的角落里，出现了一个遗失的钱包……

大雨

姬祥毓

大雨瓢泼而下，刚刚重建的长崎在夜晚展现出了虚假的繁荣，加藤打着伞站在亮着红灯的按摩店门口，好像在等待着什么，终于，他的眼神绽放出了光彩。从按摩店中走出来一个艳丽的女孩子，她搀扶着一个高大的美国大兵，两人说说笑笑。加藤看了一眼女孩子，眼神中充满了温柔，而后视线转向了那美国大兵，凶狠、掺杂着愤怒，他讨厌那美国大兵。

加藤身着一身巨大的风衣，那风衣遮挡住他的全部身体，却丝毫掩盖不住那怪异的身形，巨大的驼峰，两只粗细不一的臂膀；一条肮脏的土黄色围巾将他的嘴巴捂得严严实实，再加上一顶黑色的圆顶帽戴在头上，全身上下可以看到的肌肤仅仅只有两只粗糙不堪皮包骨的大手和一双泛着惊悚的绿光的眼睛。

大兵瞧了加藤一眼，加藤立即低下了头，生怕大兵瞧见那双带着愤恨的眼神。

女孩把美国大兵送走后，她看向了加藤，两人对视了半分钟，眼神充斥着无尽的温柔与惺惺相惜。

女孩从没见过眼前这个男人的长相，她也不想知道，对她来说，两个人就这样每天用眼神互倒苦水，似乎是她最希望的那个结局了，当然这男人也是一样，毕竟对于两个人所处的社会地位，爱情总是遥不可及的，就算她曾经拥有爱情，如今，残花败柳的她早已不再奢求这种不再可能发生在自己身上的事了。

"桃谷，又有客人了！快回来，工资你想不想要了？"

听到老板娘尖酸刻薄的声音，桃谷终于还是回到了房间中。

加藤叹了口气，待桃谷进去，出来了一个又矮又胖的老女人，一身和服，装得像个正经人，却里里外外透出一股势利的气质，她拿着把扫帚，声音就像天上的惊雷，若是人们没有看到声音是从她的嘴里发出来的，还真就以为这声音就是这雷雨中不可或缺的一部分。

"怎么又是你，我的妈呀，你烦不烦啊，赶紧滚！"老板娘拿着扫帚，向加藤掷去。

加藤见状，立马离开了这里。

他回到了自己的家，房顶漏了好多的雨水，看着家里破破烂烂的家具和零星一点的食物，撕成碎片的美国国旗还有治疗辐射的药物，然后叹了口气，看了一眼破碎的相框（相框中是一个老婆婆和一个精神的穿着军服的小伙子的合影），他看着好像根本不是自己的那张照片，转过了头，然后摘下了围巾和帽子，倒在了榻榻米上，闭上眼睛熟睡了起来。

加藤听到了空难的警报，转眼又看到了众多军官剖腹自杀，他有不祥的预感，再加上刚刚被美军轰炸了的广岛，他知道，这次凶多吉少。他并不愿意去做一名士兵，在此时，他心里一边咒骂着政府将它强征入伍，一边迅速地寻找可以躲避的地方，吵闹的军营里、岗哨内，所有的士兵都慌了神，像疯狗一样到处逃窜。他早有耳闻，在广岛的原子弹有什么样的威力，他害怕了。这时，硕大的炸弹触碰到了地面，摩擦出巨大的声响，一朵残酷的蘑菇云就在距他不到10公里的地方升起，热浪几秒钟之内就擦过了他的脸颊，他醒了。

他也不知道当时他是如何度过这一劫的，他只知道，如果抚养他长大的奶奶还在世，恐怕都不敢同他像往常一样的唠家常，想到这，他却感觉很庆幸。

他坐了起来，擦了擦脸上的汗，从抽屉里抽出一把他偷偷保存的手枪以及两只白手套，然后放在自己的大衣兜里，然后又躺了下来，脸上挂着根本看不出来的骇人的微笑，重新躺在榻榻米上，闭上了双眼。

他打算去做一件事情。

门外的雨也已经停了。

第二天夜晚，加藤又守时地站在按摩店门口，静静地等待着，街上的人越来越多，形形色色的人让他感到一如既往地不安，但他还是站在那。

突然他感到头上轻微的刺痛。

"这……这不是 怪……怪……怪物加藤吗,哈哈哈哈哈！"

昨天那名美国大兵操着一口蹩脚的日语醉醺醺地说着，拿着一只啤酒瓶砸在了加藤的帽子上，碎裂的啤酒瓶透过了他那破烂的帽子，加藤的脸上淌出了鲜血，可他没有感觉到应该有的疼痛，他低下了头，心里只有恐惧与愤怒。

他不说话，毕竟他在这条街上已经出名了，每一个人见到他都会时不时地调侃他一句甚至拳脚相加，流那么一点点的血又算什么，只是他最想对话的人却从未跟他说过话，也不知这是幸还是不幸。

"我这辈子还真没见过这么怂的家伙，哈哈哈哈！"美国大兵大笑地走进了按摩店，不用说，他是想去和桃谷相会。

加藤从兜中掏出一对白手套，颤颤巍巍地戴上，然后往前踏出了一步，他感觉全世界的目光都在看着他，看得他心里毛毛的，然后他把白手套又颤颤巍巍地摘了下来，轻轻地放在了衣服兜里，然后用肮脏的袖口擦拭着自己脸上的鲜血。

一个小时后，桃谷搀扶着那美国大兵出来了，这次加藤却坐在了角落，但他仍旧是那么显眼，桃谷一出来还是看到了他，加藤也回应了一个眼神。

"麦迪先生，您什么时候把我带回美国啊，我可一直惦记着这事儿呢！"桃谷戏谑地对麦迪说。

"这个嘛……"那美国大兵尴尬地沉默了一下。

加藤看着欺骗桃谷的麦迪，又将手伸向了自己大衣的口袋中，迟疑了一会，又将手拿了出来。

"桃谷，又在外面待着，我说了多少遍外面危险啦？"从按摩店里传出了那惊雷一般的声音。

"再见了，麦迪先生，我要回去了。"

"再见。"麦迪心里头感激老板娘为他解了围，立马离开了这里。

加藤瞧着飞奔的麦迪逐渐消失在霓虹闪烁的街道，又低下了头。

而桃谷在按摩店门口停了半秒钟，多看了一眼那坐在角落里的怪异的人。

加藤一人在夜晚长崎的街区驻足，夜晚的长崎展现出了虚假的繁荣。

第三天的夜晚，加藤一如既往地站在按摩店门口。

夏季经常下雨，雨先是星星点点的下了下来，随后越来越大，今天加藤没有带伞。

可加藤今天等待的却不是桃谷，他有更重要的事情要做。桃谷听到了雨声，从门口探出了脑袋，看到了在不远处被雨水逐渐打湿的加藤，两人视线相交，可是加藤却立马把头转了过去，桃谷看到一反常态的加藤，心中满是疑惑，却也不敢再向他多传递一点信息，他害怕失去加藤这一位"朋友"。随即她进了屋。

没多久，一把伞从屋中扔了出来，加藤看见了这把伞，自知是桃谷为他准备的，他走上前去，捡起了伞，回到原处，继续守望着。

大雨瓢泼而下，刚刚重建的长崎在夜晚展现出了虚假的繁荣，加藤打着伞站在按摩店门口，好像在等待着什么。

这时，训练有素的麦迪冲向了按摩店，他虽然飞奔着，可板正的军服不会因为他的飞奔而减少一滴雨水。加藤的视线顺着麦迪奔跑的轨迹顺延下来，停在了按摩店的门口。

他撑着伞，用一只手，颤颤巍巍地，艰难地取出一双白色的手套，轻轻地戴上，然后将这只手放在了大衣的内兜中，雨伞扔到了一边，他解下围巾，摘掉了帽子，面目可憎的他径直走向妓院中。

老板娘看见了这张怪异的脸，吓得不敢出声，等加藤走过了那吓倒在地的老板娘，她却又发出了雷声一般的尖叫，可这时，没人会觉得这是人发出来的声音，按摩店里还是一片歌舞升平。

加藤走进了桃谷和麦迪所在的房间，推开门，健壮的麦迪没穿上衣躺在沙发上，桃谷则是坐在麦迪的腿上给麦迪喂着烈酒，两个人瞪大了双眼瞧着那把门推开还正在发抖的样貌诡异的男人。

加藤将他的手伸向自己的大衣兜，再加上根本看不出来的人脸，桃谷根本认不出来这个曾经和他用眼神互倒苦水的驼背男人，她的心里只有恐惧，她大声叫了出来，而麦迪看着这恐怖的脸也顿时说不出话来。

加藤看到桃谷惊吓的脸，苦笑一声，说出了自他从核爆中死里逃生之后的第一句话。

"原来是这样。"

巨大的雷声淹没了这个世界。

这时按摩店里的少女和客人才知道，这间按摩店里，发生了一件事。

而加藤终于和他的梦中情人搭上了话。

大雨瓢泼而下，刚刚重建的长崎在夜晚展现出了虚假的繁荣。

故事简介

　　核爆后的日本长崎，经过五年的重建，已经恢复了甚至超越了之前的繁荣，城市被修建得美轮美奂，娱乐产业也蓬勃发展，但在光鲜的外表下，隐藏着无数的罪恶与各种不同的复杂的故事。

　　曾经在"二战"期间被强征入伍的守卫本土的士兵加藤，在核爆之时捡回了一条命，但因为核辐射与巨大的热浪侵袭他变成了一只巨大的怪物，日军投降后，因为诡异的样貌与身形，他饱受欺凌，于是他"藏"在长崎自己家中破烂的老屋子中。

　　但仍有理智的他对丸山的一名美丽的少女桃谷产生了感情，可是她却一直有一个"障碍"，一名美国大兵——麦迪，麦迪欺骗桃谷在美国撤军时会将桃谷带回美国，这一幕幕都被加藤看在眼里，一向痛恨美国人的加藤，再加上社会对加藤所造成的伤害与霸凌，他决定去做一件他自认为高尚伟大的事情……

答案本真

金子镓

"你怎么就不能用点儿心？"班主任用锐利的目光直击着小晋稚嫩的脸庞。

他十分惭愧地将头低下，目不转睛地盯着地板，就如同地上有成千上万闪闪发光的金币。

"别乱寻摸，集中注意力听我说！"班主任边说边用手不停拍着桌子。

但此时的小晋又怎能听得进去她说的话呢，要是再有一次考不好，他就要被叫家长了。这是小学老师一贯使用的套路，只要一学期连续、或陆续三次不及格就要请家长，他不是没有见识过同班同学被请家长的后果，更何况下下周还是他的生日，要是再有一次闪失，非但礼物拿不成，连生日都别想踏踏实实过了。

小晋心神不定地走出了办公室，此时距离放学已经将近两个钟头了，教师办公室明晃晃的灯光在昏暗走廊的映衬下显得格外凄凉。8 岁的小晋一个人走在冷清的楼道里，办公室的光亮将他那看似弱小的身躯在冰冷的地砖上映照出了无比瘦长的阴影，正在读小学三年级的他在同龄的学生当中并不算高大，也并不显弱小，恰好相反的是他的脖颈、身躯以及四肢看上去都极为消瘦，可他的脸还是保有了他 5 岁时的样子，肉嘟嘟的小圆脸上镶嵌着一副不齐世俗的面孔，让人看上去总是不由得想去捏一下，嘴也总是向上撅着，看人时他也很少移动他的头部，动的也只有他的眼睛，好像动一下就要收他钱似的，除了父母以外，老师的话那也得看运气和心情。他依然还很清晰地记得他第一次考试不及格时被叫家长时的情景，父亲回家后的不断训斥，虽然他清楚父亲的种种做法或是说出这样、那样的话是为他好，可是他还是不禁会两眼湿润，泪水一个劲儿地在眼眶里打转，耗过许久后，方才滴落。这种滋味并不好受，但他也只能坦然面对，毕竟谁叫他课后不认真温习功课的。"为什么我就不能争点气上一回 70 分，哪怕及一次格也行！"小晋扪心自问道，一阵短暂地自责不由得让他的心中再次泛出了一丝酸楚，"但时间不够用又不是我的过错……"他边想边自我安慰道，事实也的确是这样，自从抽取了更多时间去画画后，放在做作业和复习上的时间也就所剩无几了，学习成绩提高能够获得同学钦佩的目光和父母、老师滔滔不绝的赞许无不是任何一个小学生都急切盼望的事情，但比起耀眼夺目的成绩他还是更希望自己能无拘无束的画下去并取得一定的进步，相比起无聊、惨白、冷清的书本，跃然纸上的图画、灵动的线条、鲜活的色彩反倒对他更具吸引力，当然他极力却又无比渴望想让父母知道他的心思，但他们一定不会同意的，他再次自我否决到。不知不觉他已经走出了教学楼，从正门到校园大门口要经过一段很长的一旁布满杂草和各种叫不上名字的花、一旁整齐有序地排列着一盏盏圆柱形的地灯的小道，在大片漆黑的不断欺压下，小面积的光亮不停挣扎着、反抗着，杂草在寒风的吹拂下发出沙沙的声响……

　　他走出校门并拐向左侧，他想顺便看一下门口的小卖铺有没有关门。中午就吃得很少放学后又被老师一个劲儿问话的他早已是饥肠辘辘，所以现在他基本上可以说是有啥吃啥，逮啥吃啥；小卖铺老板本是呆坐在门口眼巴巴瞅着天花板，一看来了客人立马站起来笑脸相迎。高高的货架上歪歪斜斜地摆满了各式各样的"小食品"，小晋随手抓起一袋之前并没有在店内见过的橘红色包装的"功夫熊"快速付完钱后转身就出了店门，将袋子轻轻按压几下并握紧摇了摇后沿着虚切线撕开袋子的包装，一股形容不出的香气迎面扑来，仰起头、抬起袋子，腹部的饥饿感和贪婪似乎在间接驱使着他将整包干脆面一食而尽，只听得啪嗒一声，一个装在透明包装里的小卡片掉到了黑乎乎的柏油马路上。他弯下腰拾起透明卡袋儿，伴随着清脆又柔顺的撕裂声，凭借着路灯的暖黄色光亮和小卖铺冷冷清光的交相呼应，小晋清晰地看清了卡上的文字——橙底黑字写着："功夫秘诀、随卡福利，将此句话一字不差且读音正确地读出后你的任何一个愿望都将会成为现实""那我真希望我能在看到卷子的一瞬间就能知道所有的答案，呵呵。"他的目光在卡片上四处扫视，只见卡片右下方有一行白字，他无意地一个字一个字地边看边读"书山有路勤为径，学海无涯苦作舟"。读到这里，他随之反应出嘴角上移并笑出了声音，可能是因为这句话他认为极其荒唐可笑，也可能是因为他自己真的会遵照指示并愚蠢到把这句话一字不漏地读出来，真的感觉没救了，随手将卡片扔到了人行道的一旁，卡片平整整地躺在地上，细看的话其实还是非常精致的，不同于其他小食送的卡片，黑字、白字，以及一小坨红字完美地矫揉在一起。回到家后，刚放下背包还没来得及喘一口气，便听到了妈妈语气中夹杂着严厉和猜疑地说道："怎么这么晚才回家，也不看看几点了，是不是又跑到别的同学家去玩了，都这么大了怎么还这么让人操心，读书上怎么没见你这么上进！"此时小晋唯一能感受到的也只有劳累，他自动选择并剔除了妈妈的言语，带着些许的头痛躺到了床上。

小睡了一觉之后，小晋迷迷糊糊地睁开了双眼，他不经意地抬头看了一眼台灯旁的表——十一点十分。也就睡了不到两个小时，但在短短不到两个小时之内的时间里他的大脑却闪现过了许多信息，他依然清晰记得每段话、每个字，内容却都是关于文学常识和与计算相关的数学题，这件意料之外的怪事令他百思不得其解，但待他再次熟睡后一直到天亮他也只记得昨晚惊醒后的所有信息并未再有任何事情发生，之后的一切也如期而至回归正轨，该上学上学，该吃饭吃饭，该睡觉时睡的也是踏踏实实，随之如约而至还有学期的下一次测试，但虽然是全新的考试，但一切似乎还是老样子，小晋像往常一样还是没有复习，在下发试卷的那一刻他的思想活动频繁且复杂，他想了很多很多，他仿佛已经听到了同学对于他试卷上"大好河山一片红"的无尽嘲讽，父母和老师对他不让人省心和对学习成绩不上心的"千言万语"，"但又为什么那张卷子上的题偏偏是默写文学常识和计算数学题呢？它为什么就不能是……诶，等一下。"他欲言又止，看了一眼试卷，然后想了一下，紧接着他又看了一眼卷子，然后再次想了一下，他简直不敢相信自己的眼睛，语文第一题的形近字组词，建的形近字他竟然记得并完整地组成了健康一词，他又往后看第二个字是恐龙的恐，我的天他竟然直接脱口而出并未带有半分的犹豫，要知道这要是平日他连这个字的读音都完全不知道，哑口无言的他又急忙往后翻，数学题的第一题：找规律填数（　），4，9，16（　），36……，等一下他迟疑到，为什么这些题看着都似曾相识，不光是这些题甚至是整张卷子他都好像觉得在哪见过，难不成……难不成是……

　　几个星期前他惊醒后的夜晚在他大脑之中闪现出的原以为杂七杂八的胡乱信息竟然是试题的答案怎么会出现，看来"功夫熊"干脆面真不是开玩笑的，没过一会儿工夫他就答完了考试卷子上的所有题，换作平时的话直至交卷他也几乎无法完成一半的题目，他心怀喜悦地打量着整张卷子，他看看自己的卷子，又看了一眼四周围，正在忙得揭不开锅答题的同学，他心中卡着的那块石头似乎已经落了地，当然此时此刻他的心思也早已不在卷子上，而是在成绩出来之后他究竟该要什么礼物上。等待考试结果的时间对所有同学来说都明显是无比漫长，但对于小晋来说这段光阴简直如同飞逝，因为他终于可以腾出更多的时间来做他最想做也是最喜欢做的事情了，绘画让他再次感受到了没有拘束的自由和在平时难以收获到的快乐，这也使他久而久之将曾经考试的痛苦和考前复习的无奈抛之脑后。很快，考试成绩便出来了，果不其然按照他记忆中的内容在把整张卷子填满后的他虽没有考到满分可还是位列全班第一，班主任倒认为这件事情并不惊奇但却略微有些怀疑，但毕竟是自己班的学生，太阳也没准是打西边出来了，升动一下班级平均分也能让自己稍稍省一省心。但正相反，班里的同学对于这件事则是觉之百年一遇，不可思议，打死也不可能发生的事情竟然发生在他的身上，有些同学对他心生妒忌，有些同学却对他羡慕不已，也有不少人认为他有作弊嫌疑，但无论怎样，生日礼物是势在必得了！但同时他的心中也是鼓声隆隆，他自己也非常怀疑这会不会就是一场巧得不能再巧的巧合呢，但愿这种巧合在下回考试也能如愿显现，把考卷拿回家的他虽然是非常开心但同时也是非常焦虑，毕竟这个结果同他所付出的并不成正比，但父母的反应却使他完完全全放下了这一焦虑，他的母亲就像变了一个人，对于小晋的态度也是一百八十度的转变。

"我说嘛！我说怎见他回家比平时晚了，闹了半天是在学校认真用功呢！先前真是错怪他了！"她有条不紊地对小晋的父亲说道。

"对，"小晋的父亲简短地回应道。

"小小年纪不好好学习长大后就不会有出息。"

他一边往嘴里送烟一边面无表情地说道："现在的首要任务就是好好学习，不要去分心去胡思乱想一些不与之相关又不切实际的东西。"

就这样，小晋难忘的 9 岁生日轰轰烈烈地在忐忑与不安中度过，甚至让他感觉这个生日稍有些不现实，父母的态度和生日的美好让他不由得想把自己永久定留在那一天，或是那一刻，可惜美好的事物总是短暂的，离再一次的大测试也只有不到两周的时间了，但在这之前老师为了再记一次平时成绩打算再抽一个早读的时间进行一个小测试，难度也谈不上大，不过就是一些古诗文的默写填空，但在小晋看来这些古诗背诵默写太无趣、太循规蹈矩，将诗词每句每句原封不动地填入横线上的意义究竟何在？就如同是用石块堵住了河流，简直就是在浪费自己宝贵的时间，有那个时间为什么不能去多画点画儿呢？但毕竟小测也不能完全空着，还是要动笔填写几句的。小晋很无奈地从书包里拿出语文书并将其放到桌上确切地说是让书本自由下落到桌子上，本子落到桌子上的力量之大以至于把一旁画画用的秀丽笔震掉在了地板上，小晋弯下腰去将他捡起，但他立即发现他竟然没有充足的动力将画笔放下，他的目光对焦在笔后面的语文书上，又在此对焦在笔上但视线却越来越虚、越来越不清晰，算了、过一会儿我再来找你。翻开的课本正好是古诗词的目录，他随便挑选了几首比较简单的古诗快速浏览了几遍之后又粗略的背诵了一下，算是马马虎虎。随后将书撂在了一边去做"正事"了。最终还是那支笔的力量征服了小晋。次日他虽感觉稍有疲惫但却透出着发自内心的快乐，当小测卷子发下来时他看着上面的空白，虽然他昨晚还是复习的不明不白，但他还是像上次一样将所有答案轻而易举地填了上去，此时的他对于考试而言已经可以说是无所畏惧了，结果依旧令所有人感到惊讶。"小测的成绩能看出大家的成绩都参差不齐，明显能看出有些同学认真复习了，而有些同学不复习！你糊弄的不是老师而是你自己，咱们期末考试见分晓。"午休后，同桌王硕凑到他身旁对小晋说："看你这两次考的都不错啊！"

"可能是我运气好……"小晋边画边说。

"我要是也能和你运气一样好就好了！"

"这次期末考我一定得考好，你能帮我一下吗？"

"嗯？帮什么？"小晋将头转过来然后又立马将目光聚集在纸上。

"就是写完之后咱们对一下答案。"

"啊？对什么？桌子离得那么远怎么对啊？"

王硕听到这里赶忙把身子凑过来小声说道："没事，不会被发现的，动作小一点就没事。"

"那行吧，到时再看吧。"

"那就这么定了啊，考完试我请你吃牛羊配！"

"我才不吃牛羊配！"

"你送我一个冰魄吧？"

"啥？冰魄！太贵了吧？"

"那你随便吧，反正不及格的又不是我。"

"好……好吧，那我看看吧。"说着王硕站起身向教室外走去。

"但你得在考试之前给我……"小晋补充地喊道。

距离期末考试还有不到一周了，一周说长不长，说短也不短，平时一直跟进上课步伐的，期末考试对他们而言只是一个小试身手的结果，而对于那些平时懒懒散散的，期末考试就是地狱。但这一周对于小晋而言却是极为短暂的，同时还是在快乐与舒适中度过的。即便是期末考试当天早上也是如此，没过多久，王硕一路小跑地到了座位旁，一边急促地喘着一边从背包里掏出一个黑红相间的盒子："给，我可是跑了好几个地方才买到的，一会儿一定要给我看一眼！"小晋看了看包装然后说："好吧，一会儿你把桌子稍稍往我这边挪一点。"他们正说着老师抱着一沓卷子走了进来，同学们虽然都立刻回到了自己的位置上但噪声却并未停息，老师拍了几下手："好了同学们，安静一下，我现在把卷子发下去开始考试，不要交头接耳，也不要帮同学！你那不是在帮他是在害他，好了大家清理一下桌面准备开始考试。"

卷子发下来后小晋拿起笔，但他却惊恐地发现对于题目毫无思绪，脑子里只是一片空白，往日答题时的感觉在此时消失得一干二净，他又再看了一遍题还是一无所有，此时的他已经不知道如何是好，他用双手捂住脸，让脑袋慢慢地沉下去埋在胳膊中，头发被双手弄得蓬乱，清晨的第一缕阳光透过玻璃照了进来，亮亮地、暖暖地。窗外的矮丛上有一小块橙色上面亮闪着金光，略显破旧的橙色显然已是退了一层颜色，但那行金字却略显崭新，透过光芒上面不起眼地映着几个锃亮的字："切记不可不劳而获"。

来自心声

李慧敏

新的开始

故事要从十六年前讲起，我的母亲是一位年轻的生物学家，她由于一场航海事故意外地来到昂森西这座神秘的小岛。当时只相信科学的她却在这里见识到了不一样的世界——一个有神灵与灵魂的世界，对她来说如此天马行空，像梦境一样，她庆幸她在死后来到了这样的世界，她一直是这么认为的，认为这里是她的一个梦，但对我来说这里是真实的，这并不是她口中的梦境，而是我从小到大生活的地方。她热爱这里所有的新事物，奇异的植物奇异的动物还有奇异的居民，一群憨厚可爱的长满白色毛发的家伙，头上长着两个大大的犄角，虽然她与他们并不能交流，但她还是想尽办法融到了新的世界。

母亲停不下探索这个世界的脚步，在当地的小镇上可以买到各式各样用于探险的高科技装备，也从他们的书籍中看到了这个神话：岛上有一颗造物石，是很难被找到的，但凡有生物触碰打破它，它就会创造出一个以原有生物为模版的奇异生物，当然还是算一个物种的，这样创造出了各种可存活的基因，可能这就是这里的文明快速进化的原因之一。她踏上了探险的旅程，也许是因为她强大的好奇心，真的让找到了这颗造物的巨石，这颗石头竟藏在一片普普通通的丛林中的空地中，周围并没有什么奇花异果，这颗石头也与平常的山石没什么两样，只是和书上画的一样罢了。

她用镊子夹起了她事先抓来的蜥蜴蝶，让它的翅膀碰到了石头上，在石头的另一侧竟变出了一只毛毛虫，但是它与普通的蜥蜴蝶幼虫不一样，身上有细微的鳞片颗粒，接着她用了半年的时间观察了很多只她抓来的各种这样的"实验品"，慢慢的她产生了一个大胆的想法，她做好了一切准备，要去拥抱这颗"巨石"。

在她将脸颊贴在巨石表面的一刹那，她听见了怦怦的心跳，有一种不一样的语言冲入了她的内心，她本以为这是一个极乐世界，不会有那么多复杂的情感，她却流下了眼泪。与巨石接触的地方散发着光斑，表面的氩气迅速通过电流，电子的穿梭扫描着她的身体，这种特殊的交流方式使她筋疲力尽，直到令她失去了意识。

母亲

当她醒来时，巨石消失了，只剩下正在啼哭的我。她抱着我细细端详，我的确与她是不一样的，在额头上有两个黑色的凸起，将来应该会长成犄角，如她所愿，我可以成为当地居民中的一员。

母亲是一位能把所有生物都当成自己的孩子的人，一位天生的妈妈照顾另一个幼小又不同的她。妈妈在我很小的时候，就一点一点地跟我讲她学到的各种科学知识，我和她一样学得很快，她总是说我和她的基因大多数是一样的，从各种意义来说我就是她，而我从小到大只为证明一件事——我不是她。

到了上学的年纪她就将我送到镇上的学校，因为从小接触这里的环境，我能够与当地的居民交流，晚上可以和母亲分享我听来的一切有趣的故事。当然，在这里生活的日子并不是一帆风顺的，时不时会有来自高地的统治者来打扰小镇的生活，一群有着猫头鹰面庞和雪豹身体的怪物，他们头上的犄角与平民不同，有着扭曲的弧度。很难让人理解，这样奇异的岛上居然也有邪恶的统治者，他们会将没有角的居民抓起来，我只好和母亲继续住在丛林里建的房子中。

没想到灾难突如其来的降临了。这天我带着伙伴们来妈妈家里看她养的各种奇异生物。长得像长颈鹿一样的罗穿了他妈妈给他新织的高领毛衣，因为他太高了，这件毛衣至少织了四年，真的很不容易。小文看起来像胖胖圆圆的毛球，却是特别靠谱的大姐姐，十分精通机械武器。最后这位强壮的眼神呆滞的哑巴是我第一个朋友——塚，虽然在他的族人面前没什么存在感但他总是在危急时刻保护我，毕竟这里是一个充满野性快速进化的文明世界。

然而那天统治者终究还是发现了母亲，丛林里传来了惊慌失措的声音，我们几个十几岁的孩子根本打不过他。母亲站了出来，握着我的手说："不要忘记造物'巨石'这个传说，我不会死，你是我的延续，不是吗？"统治者的爪子穿过了母亲的胸膛。母亲也许并不惧怕，因为她一直认为这里是她口中的天堂，她已经死过一次了再死一次会去另一个世界，但是我的心中只有一种想法，如果我的基因真的与母亲是一样的，也许巨石就可以将她复活。哎，我们真的是两个自我又自私的人。

巨石

每天六点半，来自隔壁小镇的大雁族会准时飞过我们小镇的上方，送来一天的所需食物来。森林中每到晚上八点会吹出一阵又一阵的光雾风点亮岛上所有的小镇。伙伴们准备陪我一同寻找巨石的下落，但我们走了很远很远，找了很久很久，也找不到巨石的踪迹。罗与小文不能再与我一同寻找了，这看起来像是一个不可能的玩笑，毕竟这一路十分凶险。但只有哑巴始终陪着我，他不能说话，经常呆呆的走神，这样的他实在是太可爱了。当遇到危险时他会愤怒咆哮，会不顾一切地保护我，为此他已经遍体鳞伤，与此同时他变得愈发的强壮，像一个巨人。我渐渐想起从我记事起就有他的陪伴，他倾听了我说的每一句话。他总是用手背触碰我的胸口，像是在理解我的心声，这时我也会感受到一种听不懂的声响。

就在刚刚又一场恶战结束了，在一个看似平静的丛林里，居然有一只长着老鹰翅膀的巨蟒，它袭击了我们。我们将它制服了，但是琛的肩膀上被咬出了深深的伤口，我采了草药站在他的小臂上帮他上药却发现伤口深处散发着光斑。处理好伤口后，我一把抱住了他的胸口，我也想听听他的心声。

那种声响十分巨大的闯入我的脑海，我的心脏也跟着颤抖，仿佛产生了共鸣，身体在不断麻木。这时，眼泪居然疯狂涌了出来。我发现我在不自觉的理解这种声响，它刺痛着心脏，我想大声嘶喊却虚弱的一个字也喊不出，接近崩溃的边缘。所有的记忆和画面都在眼前疯狂闪过，全部都涌入了我的大脑，我不想接受却只能这样痛苦着。

"……简！没事了没事了。简，我在的，别怕！简！……"这种声响越来越清晰了。

我，清醒了。

宇琛

十六年前，高速公路上的一次车祸夺走了我女儿的生命，我认为她在太阳落山的地方等我，我拖着病体站在海边一个人朝着那个方向走去。

他们救下了我，我昏迷了很久很久，醒来时忘记了很多事情，活在另一个世界。家人无奈把我送进了 Ansancy 精神病医院，我找到了适应那里的方法——变成我的孩子。丈夫陪伴了我 16 年，他只要有空就会来和我说话，可我并没听到他的声音也看不到他的样子，但是他的陪伴我感受到了，他将我唤醒，他帮我渡过一个又一个难关。

"宇琛，我听见了，我听见了！"十六年来第一次唤出了他的名字。

华清与龟

罗奥泽

　　说起《山海经》，里面稀奇古怪、有着特殊能力的神兽怪物非常多，而其中《南山经》记载的旋龟可以说是其中略显平平无奇的一种，其体貌与普通的乌龟类似，但颜色为红黑，长着鸟的头、毒蛇的尾巴。据说它的叫声像剖开木头的声音，将其佩带在身上，耳不聋，还可以治疗足底的老茧。甚至，旋龟就是真实存在的，也就是现在的鹰嘴龟。

　　我要说的，是旋龟和一个名为华清的年轻人的故事。

　　怪水旁住着一位年轻人名为华清，从小不幸患有耳疾，时常要很大声地和他说话，他才能听得见。村子里的人们都在背后笑称他为"耳聪"。

　　怪水河旁一到晚上，就会传出一种奇怪的声音，好像有人在不停地刨着木头，令听者心烦意乱，这对患耳疾的华清可以说是一种好处了，他不受怪声影响，不事生产、只爱闭门读书，想靠科举逆天改命。

　　等到科举考试那天，寒窗苦读数年的华清，却在考场上被官兵利用他的耳疾，骗尽了钱财，错过了考试，还嘲讽道有耳疾之人，就算中举，也得不到皇上重用。华清想到自己本就无依无靠，最后的希望也被剥夺，于是便产生了轻生的念头。

　　华清灰头土脸回到怪水河边，准备投河自尽，却仿佛听到一男子在喊"救命，救命！"，华清心中先是一惊，他头一次听到这么清楚的喊叫声，四下张望，发现并无一人。闻声寻找，来到了渔网前，在鱼群里发现了一个比巴掌大一些却貌相怪异的龟，声音竟是这龟的叫声。

华清把龟放出来，拿在手里，仔细端详，这个龟头大而呈三角形，上嘴钩曲宛如鹰嘴。尾巴长如毒蛇之尾，覆以环状短鳞片。

龟说自己名为旋龟，生于怪水，即将修炼成精，不幸被渔民捕捉，缠于渔网中许久，乞求华清将他归回河中。善良的华清当即同意，而旋龟为了报答他，治好了他的耳疾，让他继续考试，下回必定高中。

华清听了旋龟的话，回家再次苦读，这次他的耳疾好了，晚上刨木头的怪声也随之消失了。

几年后华清又参加科举，连连中举，仕途平坦。但他并没有忘记当年帮助他的旋龟，又回到怪水河边，呼喊旋龟，旋龟果然出现。华清问旋龟有什么可以帮到它的，旋龟令华清修整怪水的水利，可助旋龟修炼。

于是已是县长的华清向皇上请命，兴修怪水水利。

华清此次官运亨通，怪水早有能治人耳疾的旋龟传说，又有人看见他去河边与一个龟交谈，"神龟治好华清耳疾，华清以修怪水水利为报"这件事成为村民们的饭后谈资，慢慢也就到了皇上的耳中。不怀好意的人向皇上进言，把华清的神龟龟壳佩戴在身上，就可以长命百岁。

皇上听闻大喜，立刻下旨令华清带着神龟来见，若华清不肯，便撤掉他的官职。华清迫不得已，找到旋龟，旋龟却说："恩人有难，我愿以命报答。"于是准备带着旋龟进宫。途中，护送华清的官兵看华清已睡，小声讨论，皇上要挖掉神龟的肉，把龟壳佩戴在身上。

装睡的华清听到了这一切，想起自己曾经准备自尽时也是旋龟所救，知恩图报的他连夜带着旋龟跑回了怪水河。不料正准备把旋龟放回河中，官兵追赶上来，情急之下，华清抱着旋龟一起沉入河水。官兵在河边搜寻了三天三夜，也不见华清露头，认为华清已死，旋龟也无处可寻。

事后，怪水河发了水灾，损失惨重，王朝摇摇欲坠，新的朝代来临，通过兴修水利，怪水周围又恢复了往常的平静。只是怪水旁一个村子里的新生儿都有先天耳疾，听不清声音。

此时，村子里也多了一位不知道从哪来的教书先生，专门教这些有耳疾的小孩读书，被他教过的孩子，耳疾都会慢慢自愈。

呼噜

施馨仪

市里到镇上开车只要一小时，没出城区的时候赵小雷盼着堵车，上了公路又盼着没油，到姥爷家楼底下的时候还企图用没带作业的理由回家去。

但是所有挣扎都是徒劳的，赵小雷还是乖乖坐在了姥爷家硬邦邦的沙发上。姥爷家在一楼，四面八方都不向阳，大夏天的不到六点屋里就黑了，姥爷又舍不得开灯，黑漆漆的屋里就电视亮着。姥爷戴着老花镜搬个小板凳端坐在电视机前，借着电视机那点光在一张纸板上做笔记。

都说"外甥是狗，吃了就走"，赵小雷就和他姥爷一点都不亲。赵小雷小时候见谁都笑，但一被姥爷抱就哭得惨烈。姥爷身上有股劲，不招人亲近。人通常退休了养花遛鸟，或打打牌下下象棋，但姥爷这些一样不干，他一个人住不出去串门也没人找他，唯一固定的日程安排就是看《健康之路》。

姥爷应该也看赵小雷不亲。他的到来显然对姥爷来说和买了盆花花草草没有区别，没有拉着他嘘寒问暖半天，也没有讨好似的给他准备一桌好吃的。两人坐在桌边上，各吃各的谁也不搭理谁。姥爷饭桌上讲究多，多少蔬菜多少肉，花生水果豆腐块，两个人吃饭也能花花绿绿摆一桌。但是姥爷做菜少放盐，菜里只有几种菜叶子原始的味道；米饭里焖了赵小雷最讨厌的山药，挑着花生吃，还是寡淡的生花生。说实话赵小雷眼里发酸，但是他哭着鼻子被妈妈接回去了多丢面子。好不容易熬过了晚饭，赵小雷一个人蹲在厕所里掉了会儿眼泪。

都是黑夜镇上面的天就是比城里的黑，赵小雷早早就钻进了被窝，姥爷在旁边拿着放大镜看书。赵小雷偷偷瞄一眼姥爷的书，敢情看的不是书是空白处记的笔记。

以前来姥爷家都是跟妈妈睡，这是赵小雷头一次和姥爷睡一个被窝。赵小雷看着窗外黑漆漆的天空，觉得心里很悲凉。但这份睡着和清醒边上的伤春悲秋并没有持续多久，因为赵小雷耳边忽然炸开了炮弹。

姥爷在吭哧吭哧地打呼，像是用了所有的力气才能打出那样的呼噜。吸好长好长的一口气，然后吭得喷出惊雷一样又重又大的啸声，震得周围的空气都在颤动。

"姥爷！姥爷！"赵小雷摇晃姥爷的身体，但这点力量根本不足以撼动姥爷这座大山。推不行改锤改踢，赵小雷十八般武艺都用上了姥爷仍不为所动。赵小雷又委屈又气，在雷一样大的鼾声中扯开了嗓子喊："姥爷——"他一声比一声大，把那呼噜也盖了过去。终于在赵小雷要哑的说不出话的时候，姥爷醒了。

"吵吵什么？别人不睡觉了？！"姥爷的声音比平时更哑。

"你打呼噜打得我睡不着！"赵小雷哑着嗓子控诉，"我要喝牛奶！"

"喝了赶紧睡觉！"姥爷迷迷瞪瞪皱着眉头下床给赵小雷拿奶。

姥爷拿了半天，最后给赵小雷手里塞了一瓶营养快线。赵小雷的脸一下就拉下来了。

"我要喝纯牛奶！我不喝酸奶！我最讨厌酸奶了！"他尖叫。

"家里没有纯牛奶了，今天先喝这个，明天给你买。"姥爷没找到纯牛奶也有些惭愧，试图跟赵小雷商量。

"不行！我就要喝牛奶！不喝我不睡觉！"赵小雷牛脾气上头索性爬出被窝，往沙发上一坐，真是要死磕到底。

"这么晚了，我哪给你去找纯牛奶啊？就今天一天行不行？"不管姥爷怎么劝，赵小雷都死咬一句，不喝不睡！

没办法姥爷只能出门给他看看还有没有没关门的小卖铺。赵小雷看着穿外套的姥爷，看着他的驼背，小小的愧疚让他移开目光去看亮堂堂的灯。他心里特不痛快，刚才和姥爷吵架不痛快，看姥爷出去了也不痛快。我一句话都没说让他去买，是他自己去的。

其实赵小雷在家里也不是天天要喝牛奶，但今天他就是要喝到，为了为难姥爷也好还是为了弥补自己的委屈也好，他现在就特别渴望那一袋牛奶。

镇上小卖部都关门关得早，姥爷没过多久就回来了，两手空空。这时候姥爷自知倔不过赵小雷就在沙发上放了毯子，睡觉去了。

其实赵小雷折腾了这么久早就疲了，就是现在放弃喝牛奶就太没面子了，所以在姥爷面前还梗着脖子就是不睡。等姥爷上了床，还没等到他打呼，赵小雷就先在沙发上睡着了。

"我要给我妈打电话！"赵小雷睡到日上三竿才醒，起来第一件事就是控诉姥爷的罪行，"你打呼噜吵得我睡不着！我要回家！"

"胡说！"姥爷瞪圆眼睛，"我又没你爸那毛病！"

"真的！你的呼噜比我爸都大！"

"这小孩净说瞎话！"

"姥爷你这打呼噜是病！我妈天天让我爸去医院做个手术！姥爷你也得去！"

"我没病！"姥爷涨红了脸，他似乎还想说什么但硬生生收了声，吭吭地转身走了。中午赵小雷睡觉的时候隐隐听到姥爷在打电话，听了半天原来是姥爷打《健康之路》的热线。不知道那边给老爷灌了什么迷魂汤，姥爷放下电话背也直了气也顺了，之后不管赵小雷说什么都死不认账。

晚上姥爷折腾赵小雷，白天赵小雷就想方设法作对。台灯不够亮写不了作业，喝汤要换碗，热水不喝凉水也不喝，嫌切的水果有葱味，晚上还闹着要吃方便面。姥爷虽然没有跟妈妈告状，但也没由着赵小雷闹，东西就放在这，不吃没别的了。不过这方便面是吃上了，还是赵小雷吃过配料最丰富的方便面，火腿黄瓜鸡蛋土豆丝，就是面条煮得稀烂还一点味没有。

"现在你们小孩就喜欢吃这些东西，又没营养又不好吃。上次东东硬要吃什么，巧克力？"姥爷曲起手指给赵小雷比画，"专家说这么一块，是一天的热量！那些美国小孩一个个肥猪一样。"

"我最喜欢吃巧克力了！"赵小雷张牙舞爪。

"可不敢吃！"姥爷一下虎了脸。

前三天赵小雷还在试图从姥爷睡前入手，他想方设法拖延姥爷的睡觉时间。电视节目再精彩，姥爷也不会贪恋；没话找话的聊天，赵小雷睡不着把姥爷哄睡着了。赵小雷终于放弃这条路了，开始和姥爷的呼噜战斗，他给自己耳朵里塞东西，把自己蒙被子里，他趁姥爷睡了跑到另一个屋去，甚至试过捏住姥爷的鼻子，但最后都是折腾的筋疲力尽才能沉沉睡去。

为什么姥爷这么闷的一个人，呼噜能打成这样，他把平时憋得不说的话都用呼噜打出去了？都没有人说过吗？他不会吵到邻居吗？也许邻居都被他吵走了？赵小雷疲惫地想。

为了让赵小雷逃不了刷牙，姥爷每天都给赵小雷接好水挤好牙膏搁那。赵小雷脆弱的脸皮根本扛不住这一套，所以每天乖乖刷牙比在家还勤快。今天赵小雷一拿牙缸是温的，想着喝水喝热的就算了，怎么刷牙都要用温水了？他试着抿了一口，还是受不了刷牙用温水，直接倒水槽了。但是再想接水水龙头却不肯出货了，赵小雷反复试了几次没用只能叫姥爷过来。

"今天停水了，不是给你接好了？"

"刚才晾半天了，今天凑合凑合吧。"姥爷拿了暖壶过来。暖壶里也没多少水了，倒了半天愣是没装满牙缸，姥爷又把自己的保温杯拿过来添上。

赵小雷看着水槽，臊了个大红脸。这回的水比刚才的热多了，还有姥爷杯子里应该是药但像烂菜叶子的味道。就算如此，赵小雷还是刷了很久牙。

睡觉的时候姥爷一如既往的打呼打得起劲，赵小雷轻手轻脚地从被窝里爬起来，去够姥爷身后的毛巾被。他拿起毛巾被越过姥爷的脸，他不敢拿得太快怕扇出风，判断着姥爷呼噜的节奏，终于把被子"引渡"过来。

赵小雷把毛巾被折几折，又轻轻把所有褶皱抹平，最后端端正正放在姥爷脸上。那轰炸区一般的鼾声好像被关进了冰箱，再盖上一床厚厚的棉被。赵小雷觉得自己终于没有睡在战场，而是旁边躺着一个冰柜。

他兴奋又紧张，端端正正地躺在被窝里，手指都绷得很直。手心出了很多汗，他悄悄在床单上蹭掉了，然后又出汗了，他享受着这安静地和床单的互动。然后姥爷再也不会打呼噜了，他早就知道会这样或者他不知道；他看到《法律讲堂》的主持人变成了《健康之路》的专家，他要钻进姥爷的被窝，那姥爷去哪了？他躺在冰柜里旁边都是冰棍，冰柜上还盖了一床厚厚的棉被；赵小雷害怕了，他大声和冰柜吵架，他再大声冰柜总能回应得更大声。

赵小雷一激灵坐了起来，看着旁边一动不动的姥爷，赶紧手忙脚乱地把毛巾被从姥爷脸上扒拉下来。姥爷皱着眉头张个嘴吭吭得打呼。

这晚赵小雷睡得很香，是这一礼拜睡得最香的一觉。第二天还起了个大早，早到甚至姥爷还没醒。姥爷吭哧吭哧地打着呼噜，脸上端端正正罩着块毛巾被。

下课铃声

王修文

　　这是一所寄宿学校，现在已经是凌晨了，凌晨的楼道自然不会热闹，虽然灯火通明，但是没有一个人在外面。刚入学时你会在熄灯后听到有同学在偷偷哭，因为想家，比如现在。我不会哭，宿舍里的大家都躺在床上，包括那个在偷偷啜泣的人，有的人蒙着被子是在睡觉，有的人是在哭，我正正的坐在床上，背靠着墙，这似曾相识的哭声，让我可怜她，也让我很烦她。我不会哭，我躺了下去，闭上眼睛，因为我从小住的就是寄宿学校。

一

　　伴随着起床哨声的响起，大家都飞快地起床，小羽是单眼皮，看起来没精打采的，眼睛还肿了。不过她看起来低沉的脸和单眼皮可能没什么关系，虽然很多人不这么觉得。昨晚又哭了一晚上，她哭的次数太多了，所以她现在只敢蒙在被子里偷偷哭，还得是深夜的时候，被别人听到不但会影响对方的休息，还可能会让对方觉得自己也是太麻烦了。但是她昨晚还是被吓了一跳，因为有个人在她哭的过程中翻身了。

　　明明大家都是相同年龄入的学，按理来说应该基本都能适应寄宿学校没有父母的环境，唯独小羽，天天哭，离不开父母吗？也不能算是，在上学之前父母也不常带她，忙于工作，都是保姆带她。她想家，学校还有人欺负她，她就更想家了。

"你怎么不还手啊？"

应声，小羽狠狠地撞在了墙上，对面叉腰站着的是一个虽然比她圆润但是要比她矮的女生，还比她小一岁。只是被推撞到了墙上，这和之前那个女生在厕所隔间里指着茅坑让她跳下去比好像并不算什么，拳打脚踢，虽然力道不大，但她的脸上还是破皮了，小腿骨上也能看到淤青。

小羽的注意力被几个正在讨论言情小说的女生手里拿的书的封面吸引了，画的真好，要是以后自己也能画这么好就好了。她还看到他们学校的校草正在玩手机上的小游戏，一款很小很轻薄的诺基亚手机，现在很火，电视上广告天天放。她还看到一个女生在看漫画，她已经注意这个女生很久了，因为她也很喜欢看漫画，一直想找个机会去跟她搭话，而这个想法两个月前她就已经有了。啊，那个女生，平时和她一起被欺负，不过这次没有。

"又哭了，看看看看，又哭一个。"

踢了小羽一脚后，那个女生转身走回了自己的座位，害怕地蹲靠在墙边的小羽，慢慢地站起了身，却迟迟不敢回头，她太狼狈了，她还是有些害怕看到有同学在看她，虽然大家看起来都在做自己的事。要上课了，得回座位去，她垂着眼皮转过头，正好和班主任对上了眼，班主任皱着眉。

"你在这干吗呢？没听见打铃儿了吗！"

有时候她也不知道自己到底希不希望让班主任看到她被欺负的场景。

二

小朋友们最期待的应该就是下午的放学铃声了，寄宿的小朋友们最期待的也肯定是周五下午的放学铃声了，一年级的寄宿的小朋友会将这种喜悦放大一百万倍。

上一周小羽和一个男生借住在老师家，因为他们的父母都出差了，今天听说那个男生的父母来接他了。

小羽并不很排斥去老师家住，不，还是挺排斥的，第一次假期被送到老师家的时候，她只是一直抱着妈妈的腿，在妈妈向老师表达了谢意之后便离开了，老师家在二楼，她就从二楼的窗户往下望，看到妈妈出了楼门，她想招手来着，妈妈上了车。

老师对小羽挺好的，不过还是自己一个人待着的时候最自在，小羽害怕老师给她听写，检查她的课业。老师家有红白机，之前她爱人买的，小羽很喜欢在红白机上打游戏，虽然也不能经常玩罢了。

"饭要吃干净，不能浪费粮食。"

"电视看一会儿就关上啊，去学习，注意别太浪费电。"

听到了关门的声音，老师出门了。其实小羽已经吃不下了，她看着碗里剩的米，想到了之前有次写作文，把雪比作上帝的头皮屑，被老师批注：这个比喻不够美。她觉得挺形象的，原来比喻一定要比喻美的才可以啊。把剩下的饭菜放进冰箱，看到了冰箱里的花生酥，她一直觉得花生酥这种糖长得太像西瓜虫了，虽然她挺爱吃的但她还是要这样说。关上电视后她觉得屋子里实在是安静的有些可怕，甚至有些严肃，她有点想家了，在家里她能一直开着电视，还能在床上边看电视边写作业，不过作业也没提前写完过，基本都是前一天晚上补完的。现在这个屋子的安静程度可以用掉根针都能听见来形容了，这是语文老师教她们的，她也不能很专心地写作业，就算没了电视，她和自己的手指头玩得也很开心。摊在桌子上写了一半的周记作业，过一会儿再写吧。

三

"你，给我从这个茅坑跳下去！"

欺凌事件暴露了，校长带着几个老师亲自处理这个事件，老师把小羽和那个女生揪到厕所，问小羽那个女生还对她做过什么。回来后老师把小羽和那个女生的座位调开了，她们原本是同桌。下课那个女生哭着来找小羽，哭的真是看不清五官，脸上跟瀑布似的，她对天发誓她再也不会欺负小羽了，小羽心软了，虽然她欺负自己的时候自己很害怕，但是平时她们还是能正常交流的，于是她们去找了在外面看着学生玩耍的班主任。

"老师，她说……她之后不会再欺负我了，能不能把我们的座位调回来呀？"

这次老师没有皱眉，老师翻了个白眼，白眼球跟个咸鸭蛋似的，盯着小羽。

"是、是不是你说的要换座位才、才换的？"

她们班主任说话有一点点结巴。

小羽低着头，不敢说话。

"现、现在你又说换、换回来，你什么意思，所有人都陪着你折腾？"

老师站了起来。

下节课，她们两个又变回了同桌。

很多年后小羽再回忆起这段记忆才意识到，当时她问出那个问题时，是多么多么的希望老师拒绝她提出的要求。

欺凌事件并没有因为老师的介入而停止，学校每周二晚都有选修课，新学期开学，父亲毫不犹豫地把小羽送去了武术班。他认为只有强壮自己的身体、磨炼自己的内心，才会摆脱地狱。

从此以后，小羽在学校最害怕的事就变成上武术课了。

小羽身体向来不好，光是肺炎在一年内都能得两次，整个人的身形看起来也跟个豆芽菜一样。

记得刚进武术班的第一天，练武之人，老师说话声音都是吼的，严师出高徒，压腿踢腿丝毫不含糊，上课没人敢说话，小羽本身就胆怯，更让她胆怯的是，周围的人看起来都不胆怯。

更可怕的还在后面，之后的每周末中的某一天，小羽都要被送到某知名武校去练武术，那里的人，可比学校多多了。老师多严格，同学看起来多勇敢，这些都已经不重要了，小羽只记得，每次上课前她都得哭半个小时。

而另一个被欺负的同学，她的父亲发现老师的介入并没有什么效果后，自己亲自来学校教训了那个霸凌者一番，从此被欺负的就只有小羽一个人了。

四

虽然小羽在众多同学里并不能引起老师的注意，但是她还是十分喜欢写作。幸运的是她的妈妈同意给她报周五下午学校的作文班，她很紧张。

一个外请的老师，不年轻，看起来像个和蔼的爷爷，但是头发还没有到花白的程度，可能是鼻子上架的那副方形眼镜，让他和大部分的爷爷形象产生了重叠。

这节课讲了写作中大标题和小标题的格式，还讲了"凤头、猪肚、豹尾"，是指开头要漂亮，中间内容要丰富饱满，结尾不要啰唆，小羽听得特别认真，这些在平时的课上语文老师讲的没这么漂亮。老师布置了当堂作业，大课间活动的二十分钟，要写一篇关于在这期间你看到的事的记叙文，需要运用到这节课讲的内容。

大课间时大家很欢乐，玩什么的都有，小羽也想好了要写的内容。写完了，也下课了，难得妈妈来接她，小羽真是开心坏了，她觉得这真是她这个月最幸运最开心的一天，遇到了好喜欢的老师，妈妈还来接自己回家了！不过妈妈先去的是讲台，她去询问小羽的学习情况，这很正常。

"老师说你思想有问题，满脑子装的不是学习，思想龌龊，你的作文他拿给我看了，真的你这一天天脑子里想的都是些什么！"

之后妈妈一言不发，搋着小羽的手腕就往外走，但又时不时地冷不丁地冒出几句简短的词句表达自己的愤怒。

小羽作文里写了大家玩耍的活动，玩什么的都有，其中有两个朋友在闹着玩，一个人要亲另一个人。只是她不明白，如果这是一件肮脏的事，被责备的人原来是她这个写下来的人。

五

之前的那篇周记作业，在课堂上被表扬了。

语文老师红着眼睛，不同于以往尖锐的嗓音说她看小羽的周记看哭了。按照惯例，应该是老师读出来给大家学习的，但是这次语文老师没有读小羽的，她依然是一副低沉的脸色。

"我就不读了，这是她的心声。"

这弄得大家更好奇了，交换疑惑的眼色，最终都落在了小羽的身上，但是小羽也不明白。

之后语文老师把小羽的周记拿给了她的班主任看，这好像是一件很严重的事情。班主任也看哭了。小羽真的不明白，在她眼里这篇周记只是很正常的记录了周末的情况，并没有写什么特别的事。

之后班主任找了小羽的家长。

那天是周五，已经放学了，班里只剩下了班主任、小羽的妈妈和小羽。班主任叫小羽把周记拿给妈妈看，那是一本再普通不过的牛皮纸单线笔记本。小羽不记得妈妈哭没哭，只记得妈妈很沉默，小羽在担心，是不是自己做错事了。周记被表扬明明应该是件让人高兴的事，现在来看小羽也不知道这到底是一件好事还是坏事了。

之后的周末小羽就回家住了。

六

妈妈为了小羽把工作辞了，周末小羽也慢慢地不用去上书法、国画、素描、思维创新等等课外班了，除了武术。

周末的大部分时间小羽和妈妈都在家里，小羽一般都在沙发上画画和坐在沙发上看电视上的动画频道。

小羽又画完了一张漫画，她开心的回头叫妈妈要给妈妈看，妈妈在沙发上睡着了。

家里只有小羽和妈妈，很安静。

结　束

距离文章开头又过去了五年，现在我已经大二了，大二是整个大学中最忙最累的时候。虽然我家离学校坐地铁和公车快的话也就不到一个半小时的车程，但是我还是有起码两个月没回家了，只能在学校完成的作业太多了。

昨天晚上刚到家，今天下午就要走了，我走到阳台收还没干透的衣服，琢磨着拿回学校一定要记得拿出来再晾晾。母亲一直跟在我的身后，看我收衣服。

"咱邻居家你阿姨儿子跟你一个学校，上次她问我你多久回一次家，我说可能一个多月吧。"

"你阿姨说她儿子必须每周回，不然她受不了，太想。"

"我说可能你小时候离开我们已经习惯了，现在已经不想了。"

夜间作文课

王乙棋

漆黑的小学校园中，只有路灯黄盈盈的光，三个小孩背着书包奔跑在校园里。

"快点！迟到了！"跑在最前面的男生欧阳招呼着向前冲去，后面的两个女孩子吃力地跟上他的速度。他们穿过寂静的教学楼、穿过黑洞洞的中庭、跑过无人的操场，终于来到学校深处的家属楼小院子。这是放学后的作文补习，在自家吃过饭后再来到语文老师家里，一对一亲自辅导作文，学生和老师之间的绝对机密。

陈芮走在楼梯的最上头，气喘吁吁地移动着，夏安洁默默从后面跟了上来。"陈芮！你今天穿了裙子？"说罢一把就把陈芮的裙子撩到最高。陈芮愣在了原地，欧阳和夏安洁飞快钻进了刘老师的家里。两个孩子蹑手蹑脚地穿过客厅和主卧，来到卧室旁的阳台上，身后也传来"哐铛"的关门声。书房掩着的门打开了，里面传来沙哑的嗓音："陈芮，你怎么又是最后一个才来？老师等了很久了。"两个孩子赶快从背包里拿出今天的家庭作业摊开在桌上摆出一副正在写的样子。阳台的推拉门被完全打开了，语文老师刘大阳一手扒拉着自己的衬衫一手推着陈芮走了进来，"哎呀，都开始写作业了呀。"欧阳和夏安洁默不作声。

小小的作文课堂只有一张麻将桌，东位是梳着双马尾的夏安洁，西位是戴眼镜的欧阳，南位是个子最矮的陈芮，北位是刘大阳老师堵着门坐着，阳台上的玻璃窗都紧闭着，在这个密不透风的空间里，大人和小孩都郁闷到了极点。"来，这学期市作文大赛的题目是——《危机》，你们先把别的作业收起来啊，欧阳和安洁写完了我给好好辅导辅导，要参赛的。"刘老师拿出一沓作文稿纸，数好页数发了下去，三个小孩也纷纷从文具袋里拿出一支钢笔，灌上墨水，用卫生纸擦拭好笔头，对着今天的题目思考了起来。

"危机"，这个题目回荡在刘大阳的脑海里，媳妇和孩子搬到省会去住已经有一年多了，出国留学基本已经是板上钉钉的事，但家里老人最近突然得了癌，用的药都是几千几千的，现在的他只能暂时不去想那么多，一切的一切全部抛给媳妇去考虑，把注意力放在自己的工作上，要是这次作文比赛得了奖，他可能明年就能当年级组长了。看着苦思冥想着怎么写《危机》命题作文的孩子们，他不由得嫉妒起来，这么一点点大小的人，哪懂得什么叫作危机啊。

夏安洁已经开始写了起来，刷刷地，稿纸上留下她一排排秀丽的字体。欧阳也开始写了，但他只写了一行，便皱着眉头停下笔。这时刘大阳老师出去接了一通电话："老师出去一会儿就回来啊，你们要是写完了就做其他作业。"刘大阳披上外套跑出去了。现在麻将桌上三缺一，但作文写作仍在焦灼地进行着。陈芮看着稿纸，没有半点要动笔的迹象，她看夏安洁写得飞快，写啊写，又翻一页继续写，她看欧阳皱着眉头苦思冥想，隔段时间填上几句。她看着自己的稿纸，想象不出有什么危机之处。"危机"，这个题目回荡在陈芮的脑海里，自己的英语练习册还差 14 页，今天肯定是做不完了，交不上作业又得请家长，那现在的作文呢，不也一样交不上去吗？写不出《危机》这篇作文就是她目前最大的危机，听上去挺荒谬。

陈芮苦恼于写不出东西来："夏安洁，你作文写的是什么啊？"夏安洁翻到稿纸的最后一页，悠然地说："等我写完了可以给你看。"夏安洁瞥到了一旁的欧阳，他居然也快要写完了，夏安洁的笔尖动作加快了不少。同时，"危机"这个题目回荡在夏安洁的脑海里，欧阳数学比她考的更好，但英语还是她更胜一筹，如果再在语文上超越她的话，全班第一的宝座就不保了。如果自己考不到全班第一，该怎么去面对爸爸妈妈爷爷奶奶呢？欧阳的存在就是她生活中最大的危机啊，像陈芮这样头脑简单的学生，也根本不用参加作文竞赛，生活中不存在危机，当然写不出来作文了。夏安洁气喘吁吁地写完最后一个字，盖上自己的小鹿斑比钢笔，对着正奋笔疾书的欧阳问："欧阳，你作文写完了吗？"欧阳笑眯眯地说："还没呢，安洁你写得好快啊！"夏安洁满意地笑了笑。陈芮见夏安洁写完了，眼巴巴地看着她，夏安洁怕陈芮抄袭自己的作文，就以要检查错别字的理由继续回绝了陈芮的请求。

现在是晚上七点半，刘大阳老师还没有回来，在这个学校分配的家属住房内，只有三个孩子围着麻将桌坐着。南位的陈芮对着空稿纸打着瞌睡，东位的夏安洁正填着英语练习册的空题，西位的欧阳刚巧完成了自己的作文。看着窗外昏暗的灯光和夜空中闪耀的星星，"危机"，这个题目回荡在欧阳的脑海里。宇宙这么广阔，生命真是太不值得一提了，窗外每一颗闪耀的星星都是一个自己永远无法到达的世界，真是令人感到悲愤，而如今2012也要到来了，如果真的是世界末日，那自己现在参加作文大赛又有什么意义？看着身边对这一切无动于衷的两个女同学，他长长叹一口气。看来独醒着的就只有他自己了，欧阳一边苦笑一边沉浸在窗外的夜色里。

刘大阳老师开门回来了，一句话没说就躺倒在了卧室的床上，三个孩子不知道这是什么情况。夏安洁最先说话："老师好像睡了，那我们的作文谁来讲啊？"陈芮默默庆幸老师没有直接讲作文，这样她还有时间再写一会儿，欧阳说："不如我们去叫下老师吧，万一他只是忘了我们还在这儿。"陈芮心里大喊不妙，立马说："刘老师都那么累了，你去打扰他休息，起来要挨批评的！"本来想起身去叫刘老师的夏安洁犹豫了。"你们说，老师是出去干吗了？"夏安洁问："有什么要紧的事过了一个小时才回来？"夏安洁边说边想象着刘老师忘记今天是领导要来的大日子，急急忙忙地去参加酒席，现在终于解脱出来。"应该是出去和人喝酒了，不然不会一回来就睡觉。"欧阳想象着刘老师因为自己闷闷不乐的人生用酒精自暴自弃，和朋友在夜市里胡乱吹嘘的样子。"刘老师长得好丑啊，谁肯约他出去喝酒呢？"陈芮想象着刘老师出去交水费，在路上被出租车司机抢劫了，身负重伤回来的他没有睡着，而是已经死了。因为只有刘老师死了，她才不用继续把作文写下去。突然，陈芮有了灵感，开始写起了作文。

现在是晚上八点半，三个孩子被黑洞洞的卧室、虚掩着的门和一个沉睡的男人困住了。陈芮也写完了作文，她现在只想赶快回家睡觉，欧阳已经在桌上打盹儿好一会儿了，夏安洁死撑着困意，在预习明天的课文。没有刘老师的允许，三个孩子都不敢轻举妄动。欧阳从桌子上爬起来，向大家提议："既然陈芮也写完了，不如我们自己来讲作文吧，讲完了再走，老师也不会怪我们。"夏安洁有些疑惑："谁来讲呢？我们都是学生，学生要怎么给学生讲作文？"欧阳说："那还不简单，一个人读自己的作文，另外两个人点评，不就行了。"陈芮只想早点摆脱这个狭小的阳台，立马赞成欧阳的提议。"那我先来！"夏安洁迫不及待地站出来抢头一个："谁先写完谁先读。"

夏安洁站起来，认真地开始朗读——

《危机》

清晨，阳光像母亲温暖的手唤醒了沉睡着的我。在这柔和的五月，我起个大早，漫步湘江边上。

过往的人不是很多，星星点点如墨滴般遍布在晨雾湘江这卷山水国画上。我眺望江面，粼粼的波光闪耀着，像大自然赐予我们的无价之宝；远处山峰此起彼伏，在云雾间吞吐着悠远和宁静。我想，我能生活在这样一个景色秀丽的城市里是多么幸运又值得骄傲的一件事啊！

但这时，一个不和谐因素映入了我的眼帘。美丽的花坛里，躺着几只喝剩下的饮料瓶，是谁把它们随手扔在这里？也许是顽皮的孩子；也许是过往的年轻人；也许是晨练的白领。干这件事的人并没有恶意，但无意中伤害到了花坛里绽放的花朵和小草，也为环卫工人徒增一笔烦恼。我默默地捡起塑料瓶，把它们放回到垃圾桶中，为我们的城市悄悄怜惜。

如果人人都不懂得珍惜我们的城市环境，那还会有鲜艳的花儿；还会有清澈的河水；还会有甘甜的空气吗？但如果每一个人都能行动起来，先从约束好自己的行为开始，那这场环境恶化的危机，也会迎刃而解了。

夏安洁读完了，挑衅般地看着欧阳。"我有一个问题。"陈芮举手说："为什么你每次写作文都是五月的清晨？"夏安洁解释道："因为每天的清晨对我来说都像五月的清晨一样美丽。"夏安洁把脸转问欧阳："欧阳，你有什么要说的？"欧阳摸着下巴想了想，说道："安洁，你的作文写得真美，我不知道有哪里要改进的。"夏安洁高兴得脸都红了："哪有，那快读读你的作文吧。"

欧阳一手扶着自己的脑袋，一边念着自己的作文——

《危机》

危机无处不在，但危机给了我们生存的力量。

古人说过："居安思危，思则有备，备则无患。"人活在世界上，如果没有一点危机，那和活在襁褓里有什么区别？险恶的大自然里，动物们因为每天面临着危机才进化出超越人类的身体机能，而在我们生活的社会里，也因为无数的困难推动着人类的进步发展。

在遥远的叙利亚，正发生着残酷的内战，这是生长在和平国度的我无法想象的生活。我很担心将来有一天，中国也会发生战争，到时候我们也会受到同样恐怖的遭遇。所以在和平年代的今天，加强国防，提高科技水平，是我们中国人共同的目标，也是居安思危的正确做法。危机使我们成长，使我们有生命的动力。我认为每个人都应该有危机感，而不是只看眼前的事物，这样只会让自己越来越麻木不仁，从而错失挽回的良机。

危机的好处数不胜数，警醒和驱动是它最显著的体现。

欧阳读完了，夏安洁倒吸一口凉气。她没有想到欧阳能想得这么多，还这么远，相比之下，她的想法太浅薄了。夏安洁捋着自己的辫子，问道："什么是内战啊？"欧阳说："我是在新闻看到的，内战就是自己人跟自己人打仗。""新闻？你居然还看新闻？"陈芮很惊讶，因为电视上只要一播新闻，她就会毫不犹豫地换台。欧阳说："你别大惊小怪了，每一个公民都应该看新闻联播。"两个女孩纷纷点头，夏安洁说："欧阳，虽然你的文章大道理很多，但是没有在写一件事啊，怎么能这么写呢，不怕比赛得不了奖吗？"陈芮说："对啊，你的句子也没有夏安洁的美，刘老师肯定也会这么说。"夏安洁听后对陈芮露出感激的神情。"好吧，我的确写的还不够好。"欧阳推了推他的眼镜，露出他谦虚的笑容："不过我看书里说，创作者应该坚持自我，我写的都是我真实的想法。"接下来轮到陈芮读作文了。

陈芮面带一丝激动的神情，很正式地读了出来——

《危机》

有一天晚上，小明的姥姥给他打电话让他回去，已经是晚上了，所以没有公交车，所以小明要打的去姥姥家。晚上街边没有人影，月黑风高的，小明上了一辆出租车，出租车马上行驶到了高速公路上。

整条路上只有这一辆车，黑暗的夜晚里只有司机能看清他们正在驶向哪里。小明有点坐立难安，他有一种不好的预感要来了。只见司机对着他说："把身上的钱全部交出来！"车子停在了不知哪里的路旁，车门车窗也都锁死了。小明想打电话给警察，但司机从上衣里拿出一把小刀，指着小明诡异地笑着。小明只好把所有的钱财都交给了司机，司机拿到钱后，放松了警惕，笑嘿嘿地数起了钱，这时小明急中生智，一把把司机打晕，拿回了自己的钱财，开着出租车回到了姥姥家。

真是有惊无险的一次经历啊，小明心想。多年后，小明当上了一名警察，专门抓假扮出租车司机的坏人，从此城市里恢复了和平。

陈芮读完了，夏安洁第一个说话："这根本就是编的，太不切实际了！"陈芮说："刘老师说过，可以根据想象的东西写故事，而且反正我也不用参赛。"夏安洁翻了一个白眼，继续说："就算是你根据想象写的，那编的也太假了。"夏安洁接着说："哪有歹徒从怀里掏出一把小刀的？歹徒都有枪，再不济也是匕首，拿小刀出来要削铅笔吗？"陈芮无话可说了。"这个作文嘛，我其实还挺喜欢的，她就是不太会写，有的地方写的假了。"欧阳笑眯眯地说，夏安洁继续说："而且作文里也没有什么修辞手法，这么写肯定拿不了高分的。"陈芮低头看着自己写出来的文章，有点委屈也有点失望。"行了， 我们作文都讲完了，那可以回去了吧？"欧阳迫不及待地收拾着书包，抬头一看两个女生早就已经收拾好了。

阳台的推拉门被轻轻打开，三个孩子都不敢惊动躺在床上的刘老师。但卧房的床上竟然空无一人，来到客厅，发现大门打开着，刘老师也不在书房，房间里乱七八糟的。三个孩子傻了眼，难道刘老师又出去了吗？为刘大阳关好门和灯后，他们一齐离开了这栋单元楼。

门外是黑漆漆的校园，路灯还亮着，三个孩子书包里背着自己的作文结伴回家。迎面走来一个人，是喝醉了的刘大阳。"这么晚了，才放学啊？"刘大阳见了他们，含含糊糊地打着招呼："一会儿吃过饭记得来上作文课啊，要参赛的！"三个孩子却像见了鬼般地躲开了。

梦的延续

徐怀远

我在图书馆买书的时候偶然看到一栏卖漫画教程类的书籍，不知怎么忍不住内心的悸动便上去浏览，发现这一栏也基本没人光顾。不过我观察到一位少年在这一栏中徘徊着，并在我旁边来回穿梭不知多少回之后他停了下来跟我打了声招呼问我是不是也想画漫画。他的样子像是急于寻找志同道合的伙伴，"曾经是，现在也只是偶尔画画早已经没有当年的兴致了"。当他说要振兴中国漫画时，我冷笑着对他发出了质疑。我们也因此发生了争执，但在这场争论中我竟没有一丝想去反驳他的想法。我佩服他对自己理想的热忱，他的豪言壮语对我有一种熟悉而陌生的感觉，他仿佛像一阵风吹过我内心的灰烬闪过一丝芯光。不禁让我联想到往事，我也曾经有过狂热的理想，也有着一群志同道合的朋友。

我的师傅张哥，和他一起报考美术学院的还有好几个熟人，以前他们带着我这个菜鸟一起学画画，侃大山，几个人冲着完成的作品喝着饮料傻乐，也曾立志要"拯救中国漫画"……后来呢？他们几个有的做了服务员，有的做了秘书，就连我的师傅，后来都做了会计！

记得一次我们几个凑在一起喝酒时，看着胡子拉碴的他们，我曾很愤怒地质问他们，我们当年的理想难道他们已经忘干净了吗？

他们沉默了一会儿，接着，我的师傅，流泪了，他们，也都低下了头。

我的师傅说，毕业以后家里给他介绍了个对象，是个护士。结果那个女的一听说他不但没车没房，还是个没有稳定收入的"画漫画的"，扭头就走，连声"再见"都没对他的父母说。后来，他的父母强行让他去学了会计。现在，虽然有时还会画些东西，但当年的那份心情却怎么也找不回来了。

现在，我的师傅在一家私营工厂里做会计，月薪1400元。

跟他一起考大学的我们的社团成员，最后只有两个人算是真正加入过这个行业，另一个，算是我的文化的老师。在那个年代，他对于漫画的理解完全是一个神人的境界，后来，他加入了一个不出名的漫画杂志的编辑部。他为了证明自己的实力与自己对文化的理解，呕心沥血花了一年的时间（这期间他画的都是些炒冷饭的搞笑漫画，我们几个看着就难受）酝酿成型了一部日本战国题材的漫画《战国之龙》，以他自己独特的视角讲述了日本战国近300年的历史。其中有一句话我至今仍然牢记："我愿以我的生命作为献祭，祈求上苍拨开这混沌世界的迷茫！"

后来呢？你猜他的领导责编说什么？

"这种漫画没有人会看的。"

"小孩子又看不懂。"

"这么多打打杀杀的，对小孩子不好。"

"你这么喜欢日本，你怎么不去日本？"

"不管怎么说，反正我是信不过，这样一部作品能够有什么读者，你要发去别处发去。"

官大一级压死人，哈哈，哈哈哈。

他不死心，又把这部作品发给了邻近的几家杂志社，但是，最终没有一家愿意刊登他的连载。

"您的稿件因不符合大众读者的口味与审美观念，并存在不和谐因素，故将其退回……"

"不和谐"，哈哈，哈哈哈。

后来，他当着我们的面把这部凝结了他心血的最高作品，一张一张撕碎、揉成团后扔进了火炉。当时我忍不住去抢，他还狠狠推了我一把，那时他眼中的眼神，我到现在也忘不了。

现在，他离开了那家杂志社，在一家书店打杂，月薪 1200。

记得那天我们喝完酒以后，一行人跑到我师傅家屋顶狼嚎，抄起啤酒瓶子一个一个扔下楼顶狠狠摔碎，摔完了，我们抱头痛哭。那天我一夜未归还被家里的老头子关了一天禁闭，从那天起，我们几个人的私人漫画社团"天行者"宣告解散。

现在，我作为当年社团最小的成员，也到了当年他们这个年纪。我有些迷茫，不知该哭还是该笑。

在强势到完全没有反抗可能的父母面前，我只能选择服从。毕竟，我还没有离开父母生活的能力与勇气。也许，我的那份梦想也已经随着当年那几个酒瓶一起，碎掉了吧。残酷的现实就像一把大锤，把你的梦想坛子一个又一个砸得粉碎。

眼前的少年就如同当年的自己，我留下了他的联系方式，离别时我挑选了几本书送给他，看着他激动的样子我不禁希望他能坚定自己的信念带上我们这些心已经碎掉的人的祝福走下去，不要被残酷的现实所击倒，做到"举世毁之而不加沮"，别服输，即使遇到再多困难，也要坚持自己心中的那份信念，在这条曲折的道路上走下去，不要回头，也不要转向，越走越远，最终在这片领域打拼出属于自己的天地，实现我们不能实现的，那个美好的梦想。

虎子与爷爷

杨青

中元节的最后一天。传说中元节阎王会下令打开地狱之门，冤魂会出游人间以完成未了的心愿，家家户户会早早归家以免招惹不祥。

一

七月的村里，小雨淅淅沥沥地下着，天空雾蒙蒙一片，闷热的空气夹杂着潮湿的土壤气息悄溜地钻进鼻腔，半空中的绿色硬生生地承受雨水的扇打，倔强的没有丝毫屈服，反而愈发显得油光发亮，精神抖擞，阵阵轰雷如众人起哄，好不热闹，就正如眼下虎子的处境一般……

"哼！你爷爷是逃兵，你家里骗国家的钱，你们一家都是骗子！"

"就是！我上次还见他偷拿芊芊的本子！"

"对对，还有上次……"

此时虎子瘫坐在地上，手撑着积满雨水的地面，帽子歪斜的扣在头上，额前的碎发被雨水浸湿，紧紧地贴在脸上，显得左眼周那暗红的胎记格外的明显，身后书包里的东西散落了一地，这副狼狈不堪的模样显然是被人推倒在地，雨水拍打着他的肩膀，他狠狠瞪着周身对他指指点点的同学，猩红的眼里满是泪水与不甘，"没——

没，我——没……"虎子咬紧着牙关，声音是嘶哑的低吼，宛如一只受伤发怒的小野兽。

"怎么？不服气是吗？不服气有种你说出来呀！说—出—来—呀？丑——结——巴！"在同龄孩子中显得格外强壮的男孩冲虎子伸长了脖子挑衅地说道，虎子听了这番话后显得格外的激动，泪水决堤而下，极速地喘着粗气，混杂着激动嘶鸣着就要爬起来冲向对面的男孩，但立即就被身后其他男孩按坐回了地上，从始至终除了断断续续不成调的声音却不见虎子吐出一句完整的话。

随后便见一伙小孩子围着虎子蹦蹦跳跳的一圈又一圈地踩水，地上肮脏的泥水毫不留情的溅在虎子的脸上，衣服上，书包上……

人群渐渐散去，哄闹的声音被雷声带远，只剩细细的雨声还停留在耳畔，虎子依旧坐在原地，渐渐收拢身躯，紧紧地环抱住自己，将头深深地埋进膝盖里，双肩剧烈地颤抖着，阵阵的抽噎逐渐变成悲痛的哭泣。

虎子从小就梦想有一天他可以成为为百姓除暴安良的侠客，可以用黑布蒙面，用武功说话，可以让欺负瞧不起他的熊孩子对他五体投地的崇拜，可以让大家都喜欢认同他，可以像爷爷一样驰骋沙场，只是日子就像是当头冷水，过了这个月便是 9 岁了，每过一岁，虎子都觉得离这个梦想又远了一步。

虎子父母早年离异且现在各自成家，虎子便留给奶奶照顾。虽然父母时常也回来，但是虎子心里明白，他的家再也回不去了。奶奶已经年过古稀，家中收入多是倚靠爷爷的烈士抚恤金，说到虎子的爷爷，他既是虎子的煎熬又是虎子的骄傲，当年虎子爷爷离家参加战争，保家卫国，奶奶便坐在门口日日翘首以盼，最终却盼来了爷爷战场牺牲的消息，后来不知村里哪个伙计外出回来时说竟遇见了虎子爷爷好好地在街上，于是村里便传开了说虎子爷爷当年是做了逃兵，如今是骗拿国家的补贴，更有离谱说是虎子爷爷当年陷害战友，冒名顶替，又或者娶了哪家的富小姐，如今正舒坦地过着小日子呢，流言蜚语，层出不穷，愈演愈烈，甚至有人跑去了奶奶家里大闹了一番，最后也是不了了之，只奇怪的是虎子奶奶对这些倒是满不在乎，她只是觉得虎子爷爷没死，她就有一天盼头，于是日子一夜又一夜，花开花落，春去秋来，流言不曾停息，爷爷也不曾归来。

二

　　雨渐渐绵柔了下来，细细的雨丝轻抚虎子的面颊，像是上天的安慰，像是母亲的手，虎子静静地走在街道上，虎子住的地方是年代悠久的一个小村子，虽然位居山中并不发达，但是村民自给自足，生活也是平淡悠闲，这条街平时也算是熙熙攘攘，满是买早点和蔬菜的小摊，不知是下雨还是中元节的缘故，路上行人很是稀少，寂静的街道令毛毛细雨的声音都显得格外明显。

　　突然，虎子身后传来了异样的声音，像是无助的呻吟，又像是幽灵哀鸣，天色渐渐暗了下去，虎子不禁背脊一凉，正纠结着，一道轰雷震击的虎子浑身一激灵，也清醒了三分，虎子压了压心中的惶恐，暗暗道："真正的侠客才不会害怕这些！"这时，后面的声音越来越清晰：

　　"哎哟～哎哟喂～哎哟～～～～～"

　　虎子再来不及思考，忙的转身朝声音的方向跑去，不过多时便发现竟然是一位老爷爷伏在没有盖子的井口，井是街上普通的排污井，只是不知道盖子被谁拿了去，爷爷肩膀以下的身子都淹没在深不见底的井里，虚弱的半伏在井口，仿佛下一秒就要掉下去。虎子忙上去拉住爷爷的领口，双脚抵在爷爷肩头，在爷爷错愕的眼神下一顿猛拽，此时虎子觉得自己就像小说里的侠客本人，终于有朝一日可以大展身手，行侠仗义，虎子渐渐沉浸在自己五彩斑斓的幻想里，此时脖子快断掉的爷爷的呻吟变成"子里哇啦"的嚎叫："哎哟哟，哎哟哟，别——别，停停停……"

　　虎子这才发觉不对，这样怕是要将这老爷爷的头拽下来，忙的松手，爷爷仿佛历了场大劫，瘫在井边，大口地喘着粗气说道："你这小孩是要取了我的老命啊……"

虎子局促地站着显得有些不好意思地挠了挠头。

过了一会，爷爷对着虎子缓缓伸出一只手，虎子怔愣了片刻便马上会意，赶紧上前拽住老爷爷伸出的手，爷爷身子有些胖，虎子不过七八岁，将老爷爷拖上来实在是费不少的力气，两人累躺在地上，仰面朝天，都喘着粗气。

这时夜幕渐渐降临，可能是天上乌云散去的缘故，天上的星星慢慢多了起来，向着地上的二人扑闪地眨着眼，这时虎子侧过头，借着路灯的微光，细细地打量着正在仰天弹鼻屎的爷爷，这才发现炎炎夏日爷爷竟然穿着一身草青色的军衣棉袄，棉袄一看便知年日已久，到处都是泛黄和掉色，衣服边还带着缕缕线头，身上绑着土褐色的包袱，包袱的布料旧的皱皱巴巴，小腿上是袜子缠上去的绷带一样的东西，脚底的鞋边被磨损的坑坑洼洼，但最吸引虎子的是老爷爷身后背着的长枪，虽然长枪也没有逃过岁月的磨砺，处处都看得见磨损的痕迹，但这却并不影响它在虎子眼里闪闪发光，虎子不由自主地伸手摸了上去，这时爷爷忽的侧头，一阵尴尬地对视后，虎子忽的发觉老爷爷的另一半脸也有一大片的红色印记，怔愣了一下，手缓缓地指向那块印记，"它——它——怎么——怎么有的？"

爷爷试探地指了指自己：

"啊，这玩意？"

爷爷毫不在意的回答，也仿佛没有注意虎子脸上的胎记和结巴。

"哎呀，这是打仗时被火药炸的，那玩意儿猛的很！"

虎子安慰似地指了指自己的脸，意思老爷爷不要难过，但老爷爷反而指着自己用胳膊肘怼了怼虎子，眼神里面的骄傲宛如一个拿了满分的孩子："诶，小孩！这玩意可是咱们男人的象征！咱出去都得扬着头走！"说着还晃了晃脑袋，虎子"扑哧"笑出了声，爷爷也笑出了声，两人的笑声充斥着寂静的黑夜，雷声此刻听起来也像是附和着二人的笑声，原来两人的印记恰巧分布在左右脸，这一刻虎子好像找到了另一个自己，心里的空缺好像被什么填满了，感觉无比的充实和温暖，不再孤独。

爷爷望着天空，良久，笑声逐渐弱了下来，爷爷褪去了刚才的孩子气，似乎陷入了深深的沉思，就如换了一个人，虎子笑着笑着觉得周身的气息冷却了下来，便转过头，正看见老爷爷眼里的泪光和天上的星星一样的闪亮，虎子想要开口却又把话咽了下去，几经斟酌后爷爷却抢先开了口，"我当兵走的时候，媳妇刚给我生了个小子，才2个月，就这么大点。"说着还开心的用手比画着，好像那小娃娃就在他眼前一样，但没过多久爷爷的声音就开始带了些哽咽，"等我回去的时候——那块已经被大水淹了，活下来的都搬走了，搬到哪里去了又不知道……"

"那——现—现在——找到了——吗？"虎子急切地问道，爷爷绝望地闭上眼睛摇摇头，虎子闻言也默默低下了头。

又是一阵寂静的沉默……

虎子突然想起了什么，忽地抬头说道："我——想——帮——帮你，这——这儿有——许多——奶奶……"爷爷突然震惊的侧头看着虎子，以为虎子这是要给自己找个二老婆，着了急，忙坐起身子从口袋里掏出了一块叠的十分平整的手帕，手帕和爷爷的衣服还有枪大不一样，明明是一件陈旧的东西却好像逃过岁月的洗刷，成为时间的宠儿，崭新又平整。老爷爷动作虽然慌乱却也不难看出手法间的小心谨慎，粗粗且布满皱纹和老茧的手缓缓地打开手帕，仿佛手帕里躺着的是一块极其易碎的绝世珍宝，虎子不禁好奇地探头上前一看，手帕中间静静地躺着一张泛黄的老照片，照片上是一男一女，男人留着寸头，身强体壮，憨厚又显得莽撞，满面的吹风得意中眼中却有着一种坚定，女人编着两个粗长的黑辫，衣服穿得归归整整，看起来像是教书的老师，知书达理间难掩羞涩，总之，这是一对幸福的夫妻。

"看见了没，老子只要她，这辈子就她一个媳妇。"爷爷十分认真地说着。说完也不给虎子多看便小心翼翼地又将照片收了起来放回了胸口，完事还轻轻拍了拍照片的位置，像是在哄将要入睡的孩童。

"我们——可——可以——问问——其他人。"虎子从来不放过任何一个助人为乐的机会，这是他作为"侠客"的原则，爷爷思考了一会，觉得是个办法，于是两人一拍即合，开始为老爷爷寻找失散多年的老伴。

三

时间说快不快，说慢也不慢，夜色渐渐深了下去，雨已经停的差不多，周边的动物也渐渐复苏了起来，一老一少漫步乡间的小路上，凉爽清新的空气扑面而来，蛐蛐和青蛙交错演奏着，在寂静的夜里显得格外的悦耳，虎子像是看见了什么，拉着老爷爷往前快步走了走，指着前面不远处一个小商店，似乎还亮着微弱的亮光。"快——爷——快，那——总——总——聊天，知——知道——的多……"虎子记得村里的大爷大妈平时没事就喜欢在村口的商店门前聚在一起，不是打麻将，就是坐在石墩上唠嗑，商店老板在虎子眼里就宛如一个万事通，他们到了跟前，虎子小心地敲了门，轻轻地有礼貌地说道："有——有人——吗？"说完又轻轻地敲了敲门，还轻轻地将脸贴在门上听了又听，边上抠鼻子的爷爷不耐烦的将鼻屎往门上一蹭，推开虎子道：

"起开！我来！跟蚊子叫似的！"说着对大门就是一顿哐哐乱砸。

"喂！有人没，你往出走！老子问个事！"

"快点，甭磨磨唧唧！"

说完转身看着虎子，大拇指越过肩头往后一指——

"瞧见没！这才是真男人？！别一天畏畏缩缩……"话还没说完，只瞧见里头灯突然一灭，大门在里面哐噹一锁，门外的二人皆是一愣，对视一眼，回过神来，看来老板是被吓得不轻，还以为是哪里来的贼人，如此猖狂，便将门锁了个严实。虎子低头扑哧一笑，爷爷也很是尴尬，摸了摸头嘀咕了声便带头离开了，离开还不忘扔了句"怂包！"虎子这才发现这老爷爷年纪虽大，有时却像个小孩子，顿时感觉自己有了新的小伙伴，笑了笑便匆忙赶上爷爷，一起去下一家。

虎子走在爷爷的身边，时不时地向他靠近，紧紧挨着爷爷，爷爷也似乎注意到了虎子的亲近，嘴角渐渐勾起了弯弯的弧度，任由虎子贴着他。夜越来越深，醒着的人家越来越少，二人正苦恼着，不经意看见前面有一户人家虚掩着门，二人心头一喜，如获至宝般的小跑了过去。

到了门前，爷爷正要"发功"敲门，虎子赶忙跳起来拦住，这次可不能再黄了，虎子用眼神警告着爷爷，自己猫着身子小心翼翼地进了门，虽然觉得这样不太好，但敲里屋的门总是要比院子的大门有效果的多，可虎子算错了一点，就是院子里的狗。此时虎子正在一阵鸡飞狗跳之中不知所措，呆若木鸡，直到里屋一个比自己略高的老太双手拿着笤帚凶巴巴地出来的时候，虎子惊得一个激灵，马上解了冻，转身就跑，跑出门 10 来米才发觉忘了刚才门口一脸茫然的爷爷，赶忙回去，此时爷爷已经被老太的笤帚抽得上蹿下跳，哇哇直叫，只见老太边抽便说着："你个老不正经！老不正经！大半夜在俺这门口偷摸是啥个意思！！！"虎子见状不妙，便在边上装狼叫，果然起了作用，老太听到狼叫顿了顿，警惕地向四周看去，虎子乘着这个空当，赶忙向爷爷招呼，爷爷马上会意并且乘机冲出"敌圈"，二人一接头马上向前跑去，身后的老太反应过来更是怒火中烧，一边破口大骂一边在后面穷追不舍，虎子感觉跑到脚下生风，跑到感觉不到腿的存在，甚至感觉跑着跑着双腿都有了自己的意识，自己的上半身仿佛在飞一般，身边的景物嗖嗖地从身边划过，风从耳边抚过，心里格外的兴奋，虎子从来没想过，原来跑步可以这么刺激。虎子正自我沉浸着，忽然被身后一个大力猛地拽住，感觉在空中旋了一个圈一般，久久不能回过神来，只隐约听见爷爷在边上嘀咕：

"你这小孩是要起飞吗，咋的还不知道停？"

"刚那老太也真是，跑了一里地了还跟个风火轮似的，也不怕把自己腿给跑飞喽！"爷爷边拍着衣服上的灰尘边说道，忽地又抬头问：

"你们村都这么能跑吗？"

虎子闻言哭笑不得，刚刚被兴奋掩盖的疲劳感顿时吞噬了虎子，虎子靠着墙，大口地喘着气，忽然觉得鼻间闯进了一股烟味，循着味道望过去，是一个后背佝偻的老大爷坐着小马扎，靠着墙抽着长烟，长长的烟杆地终端冒着徐徐白烟，让那老大爷云里雾里的，满满的神秘，虎子小心地靠近老大爷，拨开周身的烟雾，渐渐看清了老大爷的面容。大爷是典型的鞋拔子脸，眼睛无力的垂吊着，眼珠微微有些外斜，下颚长且远远突出于上颚，是有些地包天的意思，嘴里的牙没剩下几颗，唯一剩下的则歪歪扭扭不规则地屹立在嘴里，且各有各的想法，虎子深吸了一口气：

"大——爷，想——问您——问您——事。"

语毕，虎子宛如又经历了一次长跑，抹着头上的汗却没有等来想象中的回答，再看老大爷，依旧抽着烟，望着远方，面上毫无波澜，宛如什么都没有发生一般，虎子又凑近了些，音调也拔高了不少——

"大——大爷，想问——"

虎子话还没说完，就听大爷侧头将耳朵递过来道：

"啊？俺吃过饭。"

虎子奇怪，又说："不——不，想问——您——"

这次虎子依旧被大爷的声音打断——

"啊！俺没结婚！"

虎子头顶划过虚汗，无奈地揉了揉头发，看来这位老大爷耳背得不轻，虎子只好转身带着爷爷离开，身后的老大爷又恢复了初遇时的样子望着远方抽烟，仿佛刚才什么都没发生一样。

四

一晚上很快就过去了，二人基本上一无所获。虎子沮丧地走在爷爷身边，他觉得自己不配做一名侠客，远处的天边渐渐泛出了红色，虎子和爷爷走在田边的小道上，虎子越走越慢，他仿佛希望通过放慢脚步来拖延他心中那个预感的到来，他低头盯着爷爷的脚跟，又仿佛希望用眼神来拖住老爷爷的离去，他和他是如此的相似又如此的不同，他是他第一个朋友，果然，走在前面的爷爷，突然停住了脚步，慢慢转过身来，带着微笑，这时的爷爷和之前小孩子脾气的爷爷不一样，透露着慈祥，说道："小孩，我该走了，昨天晚上谢谢你！"

虎子把嗓子里的抽噎狠狠地吞进了肚子，他不能哭，最后的时候他要像个男人！

已经转身的爷爷忽然又想起什么似的，回头对虎子说："小孩！我看你挺能跑，以后再有人欺负你，你就跑！把那些小兔崽子狠狠地甩在后面！听见没？"说着还对着虎子拍了拍，好像在说，信我！没错！虎子的泪顿时像开了闸的洪水，喷泻而下，虎子想起来，两人累瘫在井边的时候，他感觉到爷爷在偷偷地打量自己，想想该是爷爷发现了自己被欺负的痕迹，一路上并没有多说什么，反而是身体力行地教自己成为一个男子汉，虎子哭着向爷爷离去的方向拼命地挥手，哪怕爷爷的身影早已消失在朝阳的光辉中。

虎子失落地回到奶奶家，奶奶焦急的拄着拐棍一瘸一拐地走上前，着急地询问着："哎呀！！你这死孩子晚上到哪野了？！知不知道昨晚是中元节，鬼怪是要出来抓小孩的呀！多危险哪，你……"

虎子自顾自地进了屋，自从告别了爷爷后他就有些恍惚，奶奶刚才训诫的声音也好似云里雾里的，朦朦胧胧，恍恍惚惚，突然，"砰!"的一声脆响让虎子如梦初醒，他低头定睛一看，原来是放书包时不小心将墙上的相框撞掉了，虎子蹲下身去捡，边上有一个卡片入了虎子的眼，看来是从相框里摔出来的，虎子满不在乎地捡起，却在入眼的刹那狠狠地待在了原地，虎子感觉浑身的血液都在沸腾，身上的每个细胞都在颤抖，心脏剧烈地跳动着，大脑飞速地运转着，他飞快起身跑向庭院中的奶奶，举起手里的相片问："奶——奶——这—相片是——什么？"虎子的声音剧烈地颤抖着，奶奶叹了口气道："这是我和你爷爷当年的结婚照，哎转眼都 50 多年了，日子过得可真快呐……"虎子震惊的向后倒退了几步，手里的相片慢慢滑落掉在地上，上面的两人正是老爷爷相片上的夫妻。

虎子冲出了院子的大门，站在空荡荡的巷子里，虎子突然不知何去何从，只能任风轻轻地吹着，天边是雨过天晴的彩虹，身后是徐徐的微风，而远方则传来了稚嫩的童谣声：七月半，送鬼魂儿，鬼魂送了，关鬼门，鬼门关，卖豆腐……

舞鹤人

张景

一

岸边小别墅的窗外，海浪声不停拍打着礁岩边，微风吹着屋檐上的杂草。

这个孩子从父亲的衣柜里翻找出了一套女裙，孩子从未见过这么华丽的裙装，他急忙去问父亲，正在院子里陈旧的木椅上坐着的父亲听闻匆匆脚步声回过头去，两眼盯着那件雪白与黑相间的裙子，仿佛勾起了神话般久远的回忆，他的双眼直放光，示意孩子过来。他在木椅上挪了挪屁股，环抱着孩子，津津有味地说起了二十五年前的童话：

离城市不远有一座小岛，那是座重山环绕而成的岛，这山里住着一百个人，这些人都有不同的职业，而唯一特殊的是一位住在山腰的卖肉老板，他卖的是山神的肉，而我呢，则是这卖肉家的孩子。岛上的山神是雄鹤群，这座岛上每个月都会有一只山神将自己奉献给人类，凡是五岁以上的人们，每月，每家每户，每人都要吃一次山神肉用以延续生命，不吃的人则会化为尘土。很多认为自己活够了岁数的老人与自杀的人都不会吃，而想要离开小岛追寻城市生活的人则需完成一次"日落鹤舞"的仪式才能安然无恙地存活下去，但事实上除了卖肉家，连一只普通雄鹤都从未有人能与之共舞。

我们家因为职业的特殊性，除了卖神肉，世世代代传承的都是舞鹤人，而舞鹤人的职责是，在山神雄鹤面前跳雌鹤舞，若雄鹤共舞，即雄鹤认定你为雌鹤，你只需在曲终之时将矛刺入鹤的体内即可；若曲终都没有认定你为雌鹤，那么雄鹤会悲伤而死，悲伤而死的雄鹤的肉是有毒的，吃或不吃都是死路。

在我的心中，其结果就像一个心魔一般束缚着恐惧的人们。

在印象中，自小舞鹤都由我的父亲来完成，我一直帮他打下手，从未见过父亲舞蹈的模样，但以父亲的口碑，我一直以他为榜样。因为父亲跳雌鹤舞的缘故吧，我小时候总爱模仿父亲的一举一动，大了也一直延续着特殊的像女人一般的做事习惯，因此总在学校被笑话。我真奇怪我的母亲为什么会嫁给这个女人一样的男人，那回忆中的母亲总会回答，因为我是像男人一样的女人啊！好吧，至少倒霉的我从未遇到过这样的好女孩，毕竟整天忍受被掀衣服，被扎辫子，衣服被偷换成女士的恶作剧，让我只想立刻飞往繁华城市中去，享受一切大城市应有的宽容大度，不必大费周章地改变自己，更永远瞧不见那些可恶嘴脸。

我将这事悄悄写进了日记，但第二天父亲莫名其妙地把我拉到一旁，迫切地开始说着一串废话，我也从此知晓了父亲是会像女人偷走丈夫手机查看外遇与否一样偷看我日记的人，不过值得原谅的是，我的心结在父亲的废话中找到了解决的办法——做一次舞鹤人！

二

做舞鹤人可算非常有风险了，就如同集体蹦极，一旦主管人员绳子没系好，这人命可就没了，我巴不得那些欺负我的人去他那儿蹦极，但总归岛上共是一百条命，得亏父亲心宽，胆敢让我去胜任他的位置，但毕竟答应了，我就必须为自己看似冲动的行为负责。

我给学校请了两个月的假用来练习雌鹤舞，那些坏小子听闻，每天放学都到家外起哄，扔出的石子咚咚地扣在门窗上，那敲劲儿却令我鼓足劲儿想跳好——我蹒跚学步地跟着录像跳，跟着音乐一节一节地练，父亲就像个旁观者不管不问，甚至在我累趴下时还意味深长地嚼着熏腿，卖弄他那廉价破旧的衣裳。我怨恨地用力摆摆头，让自己忘了这些杂念。

一个月刚刚过，我欣喜地发现我已经可以完整地跳下来一整首曲子了，几乎没有错步。到了舞鹤这天，我兴奋地跟个猴儿似的，穿上父亲那大了一圈的鹤裙匆匆赶往岛上最高山的山顶。

父亲早坐那了，他抚摸着一只雄鹤的脖颈，吹着徐徐的口哨，今天的仪式比往常的冷清些，是因为这次是我跳，大家不忍看岛屿消亡吗？我走上舞台，等待日落前的五分钟，我看了看周围，轻轻地呼吸着。

嘿！那些浑小子也来了，真气人。

我活动了一下手腕。

不管怎么样，马上就要看不见这些魔鬼们了。

五分钟到了，一只雄鹤迈着轻便的步伐试探着上前，它脖子上的花纹鲜亮得有些假，姿态僵硬，像是刚从笼中放出来一般，脏脏的嘴角与泥偶有的一拼，身上散发着腥臭，"难道神鹤都这样吗！"我忍不住扑哧一声笑出来了，扫到父亲的嘴角抽动了一下，我立马收回了放肆的笑容。我接过父亲的长矛，庄重地鞠了躬。那只雄鹤报复似的撇过头去，不打算再看我。

音乐开始响起，我将矛立稳，摆出雌鹤的身姿，使出全身力气去吸引它的注意，开始了自我陶醉的舞蹈，就像热切的单恋。

这只雄鹤从头至尾都没正眼看过我。

那些混蛋屁孩们无下限地大笑着。

父亲面无表情地在台下注视着连矛都没能拿出手的我，我擦着额头上的汗，眼睛看不清台阶，热热晕晕的脑袋快速回想着有无错误的步伐，满脸通红地等着父亲的数落——鹤连脚都没有抬起！我明白一切都完了。父亲向我走了过来，他从未露出这么严肃的表情。

对不起，对不起，我一定让你失望了，我让所有人都失望了，对不起。我默默念着，鼻子一直酸痛。

父亲用粗糙大手帮我把不合身的，被汗水侵蚀的裙装外套脱下，他好像浑身发抖，我不敢看他，连胳膊窝儿夹着的布都湿皱得模糊。

"哈……"他倒吸口气，终于忍不住了。

"哈哈哈哈哈哈哈哈哈哈哈哈！"

这一声惊天大笑吓到了还在伤感的我，我一脸茫然地看着他，他的笑声与浑小子的笑声重叠在一起，响彻山谷。这只鹤被赶进了附近人家的家圈里，那家人还和父亲应和了一声！

我突然间似乎懂了什么，泪水夺眶而出。我再次感觉父亲是个混蛋。

三

第二天一大早，父亲拖着睡眼惺忪的我起来，把我带到山脚下的一位八十三岁的婆婆家中，这个婆婆以前当过舞艺妓，红极一时，而她打算下个月不吃山神肉了，她说子女分居，一个人太孤单了，她眼神透着忧郁。而我，需要跟着这位独居婆婆学习女人的行为习惯以及勾引男人的技巧，寄养在她家。昨天的惊恐刚过去，新的挑战又来了。

婆婆以前是教导女孩礼仪的老师，现在大家不太注重礼仪，婆婆的学堂也就闲了下来，我的到来使她重开了学堂大门。她为我准备了一套有些土气的女襦裙，一双女孩穿的圆拖鞋，一些饰品化妆品和一把……戒尺！我在更衣室里硬是磨蹭了一个小时，当被突然而来的戒尺打红了屁股后才慌忙提着裙子出来。她看着我穿反的衣服与露出的男士内裤哭笑不得，我知道自己毕竟是男生，什么都要从头教起了。

她说，我的外八需要特别严厉的修正，走路要小步，不能驼背，脖子要尽量伸长，适时露出锁骨，要像天鹅一样；外出要保持袜与外套的干净；眼睛要妩媚吸人眼球；吃饭不可粗鲁，要细嚼慢咽；睡觉要高枕平躺；女孩的兰花指是重中之重，翘的要恰如其分；舞蹈时脚尖像仙女般轻轻点地，甚至是在火炕上坚持一个跳跃姿势；学习鹤用嘴去叼食吃饭；学习鹤拍打翅膀和走路的节奏；学习鹤鸣叫的声音……诸如此类，我敢说活到现在，身上的肥肉第一次有了用武之地，甚至有了性别错乱的威胁。在经过许多刻苦练习之后，除了红肿不该刻在身上外，我的身姿总算有了点滴女人的模样。

然而不幸的是，但凡外出练习我都会特意避开那些浑小子们的必经之路，可偏偏今天，我第一次受到了婆婆"总像个女人"的表扬，有些飘飘然，便想高傲地抬头去街上转悠一圈，却阴差阳错的撞上了他们——一个在闷声打游戏，其他在高声阔谈。我并不害怕他们，我要勇敢表现出来现在的自己！我麻醉着我自己。

我迎面走上前去，头低着，脸红扑扑的，心脏直跳。他们看着我，刚想开口说什么，我应着呼吸声微微抬头，嘴角轻轻上扬，画眉般画了眼线的眼睛温柔地瞥了一眼带头的男孩。他们的头跟着我一起移步，不知怎么没有出声，我心情泛起些许浪花。

"异装癖！神经病！二傻子！男妓女！"

我怔住了，这些让我恼羞成怒的词汇一个一个从背后像强盗一般窜入我的耳朵，猛地回头一看，那个玩游戏的浑小子忽然抬起头，扮着鬼脸对着我大喊，其他人也突然反应过来了什么，也跟着叫唤起来。我完全毁了良好的"女人"形象，委屈地又迈着大咧的外八跑回了婆婆家。

我气愤地脱下身上的裙装，我为自己感到羞耻，我在做什么啊！我是个男孩啊，男孩！我又为什么要学女人的步伐与姿态！我学习男人的行为不就不会被嘲笑了吗!? 我抿住嘴，强忍着摇晃的内心。我做的一切是为了什么啊！这么长时间我一点都没有成效不是吗！我的泪水像火山爆发一般喷涌而出，像个女人一样在落泪，受不得委屈。我不明白自己为什么会坚持到现在，我换好男衣，夺门而出，与刚外出回来的婆婆擦肩而过，不辞而别。

四

两个月的休假结束了，我继续去学校里学那枯燥的课程，长时间休学让我无法进入状态，成绩一落千丈。我扮成女人做作魅惑他们的事也传遍了校内，大多家长应着父亲名号的照面，委婉地拉着孩子避开我走，我想父亲要是是一个会接送我上放学的人的话，他一定想钻个洞把头埋进去吧。

一事无成，浑浑噩噩。除了那些一成不变欺负我的浑小子依然做着他们那点勾当还让我有丝欣慰。

不知该如何面对父亲和婆婆，放学后我躺在山顶仪式台中央，眼神空洞地望着天空，不知以后该如何走下去，婆婆会担心我吗，父亲呢？父亲会不会也经历过与自己一样的事呢？数千个不解疑惑在我心中蔓延开来。

真是个多愁善感的女人！我想。

我昏昏沉沉的闭上了眼。

"你在这儿干啥呢？"

父亲的声音一下惊到了我，我发现自己竟迷迷糊糊睡着了，鼻尖留着半截清鼻涕。我一时回不上话，父亲也没管什么。周围不知何时聚满了人，那些浑小子也陆续走了过来。真糟糕，今天是这个月的舞鹤仪式！我抹了抹鼻涕，赶紧下去帮忙。父亲叫住我说道："今天就别忙了，看着吧。"他龇咧着大白牙，一如既往地大笑着。我点点头，退出人群圈子，在最高的树杈上坐下。

这是我第一次看父亲的鹤舞。

五

院里的池塘中，不少鱼卵孵出了幼鱼，引得成批野鹤来争食，它们拍打着翅膀，溅着水花。

像父亲一样。

到现在我还游魂未定，父亲那身影还在我脑中如同美梦般消散不去，与平常大咧咧的父亲异常地不同，我第一次看到戴着父亲模样的面具，跳着女人一样的舞蹈，尽显风姿的女妖鹤，这并不是幻觉，周围的人们驻足观赏着盛世戏剧，每个人眼里都放着宝石的光彩，每个人都盯着父亲不放，像是男人贪婪的渴望女人的胴体一般，思绪与眼神穿透了父亲的灵魂，没有嘲笑，没有诋毁，只感到永恒的纯净。挥舞的矛穿透鹤身体的一刹那，血浆浸染了雪白的衣领与大袖，犹如慢镜头的殷红血墨喷射的美学，将舞台都融成了欧洲中世纪悲剧的油画。

我坐在池塘边的亭子里，望着那已经褪去血色的几件白衣在晾衣绳上随风飞舞，仿佛他还在跳着，舞着，犹如胶片来回地放映。

我把穿在中间的襦袍从绳上捧下，小心翼翼地穿在身上，抚摸着衣服发出沙沙声响，仿佛自己像父亲一样等待着起舞。

微风抚爱着树梢，鸟儿追逐着太阳的光点。

我试着抬起我的双手，试着摆动羽翼般的双臂，像女人一样阴柔；我光着脚，脚尖轻轻地点地，漂浮又不失重力得像仙女一样轻盈；我试着摆弄我的表情，眼神妩媚又深邃而勾引着万物，像日本花魁一样娇艳。风好似托起了我，一只鹤猛地抬起头，注意到了什么；越来越多的鹤，雄鹤，雌鹤都逐渐抬起头，旋转的画面在眼中不断连接。我跳了起来，鹤群貌似被惊扰了，扑打着大翼后退了几步，连成一幕墙，像段水墨画卷。我学着父亲抬起一只脚，点地，学着鹤另一只脚随即抬起，点地。鹤群们沸腾了，欢快地高歌。

从院中看去，山下的蚂蚁点都不动了，是的，父亲与街上的人惊奇地看着野鹤陆陆续续地飞往山腰上的家院中，有如香味一般的从院中扩散开来吸引着它们，奇迹一般的景象。我父亲说，大家都驻足观望着，他马上就知道我有了什么惊人之举，他飞奔回来，连买菜讨价还价找回的钱都没要。鹤群将我包围了，一些鹤不停地蹭着我的胸腔与臂膀。父亲有力的手把我从鹤堆中拉了出来。

窗外的野鹤还在用喙啄门窗，我与父亲坐在桌尖儿旁，竟什么话都说不出。桌上蜡烛的火苗激烈摆动，我们的心情都异常激动。

我确信，不是什么幻想，不是什么心血来潮，我仿佛看到了自己异化为鹤的模样，照着镜子一般，周围的鹤群都做着与我相配的动作，而我又应着它们的动作舞蹈。震慑力侵犯了我的全身，致使我动弹不得。这股涌泉一般的力量吸引着我令我着迷，巨大的羽翼将我包入其中，生育与孵化不停轮转着，把我的心卷入了最深层，浑然一体。

我回味着方才的震撼，指尖不断敲着桌面。父亲常说，有些事你不经历一次就永远无法知晓它的魅力。这段不经意的舞蹈让我忘记了嘲笑，忘记了不安，忘记了忧愁，我一心想象着自己是个本我的他物。

的确是这样呢，所以父亲才会一直跳着最美的舞。

父亲什么也没说，他带上他的工具箱和坛中存放的钱，出了门。

而我，有了一个决定。

我偷摸着进了婆婆家的门，在学堂桌柜中找到了那件土土的女裙，我熟练地换上它，脱下男衣，将它放进桌柜中，目送棺材般，我轻吻了它，将它关上。

我抹上胭脂，配好假发，穿戴好配饰。我从未这样得心应手过。

婆婆睡醒了，她平和地看着我，像看见她的儿女般将我抱在怀中。我歉意地握住她的手，向她鞠了一躬，请求她继续教我学习。我必须每时每刻都认真无比的对待，我感觉到，比起怀疑自己到底应不应该融入那些浑小子当中做个男人，我更希望自己能像父亲一样将自己做到极致；比起尽可能快的离开这个岛，我更希望把冲动给予在跳这一次舞鹤人的职业上。

我耐心等待着它的到来。

六

这个月也到了月末。

父亲气喘吁吁的赶到家中，递给我一套衣物。我脱下了原本穿着的父亲的那大了一圈的裙子，换上了父亲连夜赶制的，一套合我身的新鹤裙。他用颤抖激动的破音给我解释道，鹤裙有三件：一件蚕丝素白的衣裤，象征着纯净；一件用鹤羽鱼鳞做成的襦袍，袍袖为鹤翼形，镶着真羽，而襦子上刺绣着山水泼墨画，纯红色金镶腰带系于腰间，挂着青色鹤形玉佩，象征着忠诚与守护；一件闪耀着斑驳水纹，近乎透明的薄纱外套，象征着永恒。除了一些父亲专用废话外，他就只是骄傲地说，这是他做过的最美的鹤裙，我也这么认为。

婆婆为我化了丹凤眼妆，皙白的皮肤与乌黑唇釉互相衬托，活像一只仙鹤。我光着脚在木板上摩挲，按捺不住心中燃起的喜悦与激动。

我接过父亲手中银质长矛，重量刚好。

我望着山顶那灯火渐亮，夕阳沉去。

很多人都来了，大多是感受过院中的奇景慕名而来，高声熙攘着为我腾开一条路。

嘿！那些浑小子也来了，显然并不那么气人了。他们多半是来看笑话的，真可惜，看了笑话他们也笑不了多久，更何况，现实并不会容忍我开玩笑。

婆婆也来了，她这个月不吃鹤肉了，这将是她最后的摇篮曲吧。我还没和她当面说声谢谢，我更想说的是，婆婆她最近越来越爱笑了。

父亲交代我几句后便匆匆退到一旁，如同目送女儿嫁人了，我竟也有几分心痛。父亲用几根白发换来的鹤裙穿着很舒服，如果他能不偷看我的日记，那我会更舒服。

我等待着夕阳落下前五分钟的到来。

七

一只身姿威武，羽翼绚丽的神鹤拍打着翅膀从云中飞来，夕阳的斜晖映射在它身上反射出一道光圈，像不食人间烟火的天使，它盘旋至舞鹤台上空，斟酌着。

我提着裙上了台，像鹤一般笔直地站立，手心握着那把长矛。

雄鹤注意到了我，它轻悠悠的降落在我的八尺面前，翅膀呼出的风吹拂起地面的尘埃。它的丹顶在夕阳落日下艳的呈玫瑰色；黑色的羽翼不显朴素吞噬反而透亮华贵；白色的身姿如同幼女的玉体，细腻得让人不忍心触碰；它的喙有着黄黑的渐变，质地如琥珀，更像古代帝王的龙袍显尽尊贵；它的双腿如竹节般铿锵有力，双脚如鹰雕般利可断石。我将它想象成不谙世事的帝王，我就如同尽情诱惑它的宫廷舞女。

我们都集中着精神，等待音乐的响起。

"噔——"

铃鼓一拍仪式就此开始。

鼓声响起，轻轻洞箫敲击的乐声，还有……

怎么了？耳朵逐渐发出低鸣，除了雨滴般大小的鼓声，再无他音。

仿佛世界都停止了呼吸。

我皱了皱眉头，集中精力，集中精力！不敢有一丁点疏忽。

我们双方都如同人类，都如同形势相当的捕猎者，输的，必是先转移目光的那个。

心跳干扰着我的认知。

我们静心等待着对方的失误。

鹤的眼睛仿佛永远都不会闭上，我的眼角却开始了酸痛。风沙不断吹着吹着，侧面的阳光照亮着我的半边脸，为何风不能小些，为何夕阳不能柔弱些？让我再坚持一会儿吧！

我与雄鹤没有丝毫动作，仍然按兵不动。

我与雄鹤都死死盯着对方。

我不得不将眼睛微眯起来，试图在雄鹤的瞳孔中寻找自己的投影。

我等待着机会。

一旦松懈，父亲，婆婆都会化为尘埃，对，还有那些该死的混蛋小子们；一旦转移目光，它就会从我眼中连同希望永远消失。

本来热闹的人群慢慢安静了下来。

我仔细地呼吸着，仿佛能呼吸到雄鹤一丝一毫的细节。

我的手心直冒汗，怕手中的长矛滑落而更加紧紧抓住。

它像个拥有无限能量的黑洞，你被压迫得找不到出口。

哪怕再大再憋不住的呼吸，也要像女人的柔发般轻慢地进出。

音乐声如同嗡鸣，在我耳边重新响了起来。

噪声越来越大，我不知道过了多久。

我想，可能音乐结束了也说不定。

不！不是！

音乐刚刚过半。

我挣扎着，强忍酸痛，眼睛瞪得如同灯笼。

祈祷着它的失神。

来了！

雄鹤的双眼微颤了一下。

我以急速冲到它面前，像旋风一般张开羽翼。

雄鹤吃了一惊地向后退了退，紧接着便单脚直立向前，仰起有力的脖颈，向我大声高鸣，声音比乐声还大，像极了雄鹤之间的攀比。

我提脚跃起，以作强势。雄鹤毫不认输，尖锐的喙向我袭来以示它的威严，我用银矛挡下。

父亲有些慌乱，他可能从未见过与山神"作对"的人。

我不慌不忙，音乐由第二节副歌慢下来后，我开始向那只高傲的雄鹤展现雌鹤真正的美。

我踮起双脚频频向后，步伐小到仅能容纳松鼠从脚中挤过。我将手牵着羽袖举过头顶，再划半圆下来，随即转过身，以羞愧的模样让自己独处一角，衣边如花般旋转摆荡。

那雄鹤果然上了当，大男子主义雄起，它拍了拍翅膀，随即伏下背，低下脖，探头瞧看我羞愧的模样。

我头低着，脸红扑扑地，雄鹤甩了甩它的颈羽，像是开始委婉吟唱起了夜歌，我应声微微抬头，嘴角轻轻上扬，画眉般画了眼线的眼睛温柔地瞥了一眼雄鹤的双瞳。它的目光跟随着我的动作一起移动，不知怎么没有出声。

雄鹤的长颈开始在我的下颚蹭着，它的翅膀微张，我的手顺着它长颈漂亮的弧线游走着，像是摸索着帝王的胸膛，探索他心脏的位置。我手中紧握的长矛急切地想与它的肌肤相亲，我收起那微弱的锋芒。

音乐还剩下最后一小节，时间愈来愈紧迫。它高鸣着，我随声附和；它抖动着尾巴，我也照做；它旋转着，舞动着，我故意靠前以便拉近与他的距离。它似乎喜欢我的跟随，我按着它的意愿做着与它同样的动作。这又让我想起了与鹤群浑然一体的那一天，我开始应和着雄鹤跳起鹤舞，扭动着腰肢，做着类似刚在一起的小情侣才会做的事，舞蹈轻柔粘腻，像牛奶一般纯白地连接在一起，我学着嘤嘤鹤鸣，侧近雄鹤的耳旁将所有可以激起情欲的地方，锁骨、手腕、嘴唇、胸脯、大腿……

我们舞蹈着绵绵情话，雄鹤温柔拍打着羽翼轻轻越过我的头顶，跟随音乐展示着它健壮的臂膀，有力的脚踝，我舞的应声附和，又意图离去。我的眼睛靠近了雄鹤的喙，靠近了它的双眼，靠近了它的长颈，靠近了它的胸膛。

音乐快要结束了，我要做好刺杀它的准备。这是最后的斗争了。

就像复仇女神准备夺走带给她灾难的帝王的性命一般。

日落的光辉洒在舞台上。

我右手将矛背在身后，左手向前做出舞蹈姿势。项庄舞剑，意在沛公。它也将双翅伸展开来。

我用手将它的脖颈抚进怀中，焰火夕阳在反着光的刃上略显阴冷。

它冲了过来，双翅将我包裹在怀中，但我却惊讶地睁大了双眼，双手还未发力，却已经感受到刺骨的震撼。散在它那莹莹羽翼上的光点——最后的一滴颤颤夕阳也消失殆尽了。

它靠在了我身上，有如静静地睡去了一般。

我静静地在舞台上站了很久，无论什么赞美诗我都无法闻声。直到那只神鹤倒下后，像牲畜一样被拉下了舞台，可能它会任父亲宰割，羽毛都成了肥料，肉与骨头都化成了营养，灵魂也荡然无存。我望着大家投来的惊艳目光与死里逃生的发光的汗珠，和……父亲欣慰的笑容。

八

"结束了？"孩子扑朔迷离的大眼有些失望地盯着我。

"是呢，结束了。"我长叹一口气。

"婆婆最后就……"

"……是呢，实际上……"

实际上，那之后凡是吃了神鹤肉的人全都赞不绝口，说是天神才能吃到的山珍海味。而婆婆呢，几个月都没能成功化成尘埃，郁闷到茶饭不思，子女都不得不回来照顾她，寿终正寝，婆婆多活了八年。看如此，父亲改卖猪鸭鱼肉了，他的刀功比他的舞姿更受欢迎，长时间不锻炼，肚子也大了几圈。那些混蛋小子在那次仪式之后向我示好了几次，但就是不道歉。而我，依旧履行了自己的誓言，背上了背包，来到了城市中。我一直无法忘记那天靠向我的神鹤，我尽可能地靠近我的家乡小岛，试着想再见一次神鹤起舞。我看着远处的海线。

像是猛然从梦中醒来一般，生活回到了正轨一般。

孩子打趣地说我是家族事业的绝迹者。

我却认为，其实如同父亲那样心宽的将重任交给我的孩子也未尝不可吧。

可能在父亲心中早就知晓，其实从未有过这种职业。

2018 年 11 月 22 日

陶记食堂

赵子乾

从出租屋里出来已经是晚上八点多了，标准的北方寒风在这破筒子楼区里四处游走。我缩在楼梯口，使劲往手上哈了两口热气，紧了紧衣领。

今天是我搬到这片"烂尾楼区"的第一天，住宿条件很差，但没办法，因为只有这儿的房租符合我的身价。收拾了一天出租屋到现在我还没吃上一口饭，本想来桶泡面对付对付，但我想再怎么说今天也是我的乔迁之喜，这锅还是要温一温，也算是苦中作乐。

沿街扫了对面一眼，从头到尾只有小旅馆和保健品店，我骂了一声，戴上羽绒服的帽子，极不情愿地走出了楼梯口。冬夜本来就不是人类出来活动的好时机，更何况在这处处标着"危房""拆"字样并且寒风游走的楼区里。

走了三个街区硬是没碰到一个人，就在我冷到想回去啃面饼的时候，终于看到前面十字路口唯一的路灯下面隐约闪着几个霓虹字——陶记食堂，我赶紧加快步伐走上前去。

小饭馆就是一间平房，推开厚棉布门帘，里面只有五张桌子，只有一张坐着两个大汉，正吃着火锅，推杯换盏喝的不亦乐乎，两人瞅见我进来还举着杯子咧着嘴冲我笑。我挑了个干净的桌子刚坐下，就从柜台里走出来一个戴着眼镜留着两撇山羊胡子佝偻着腰的小老头笑眯眯的过来招呼我，这小老头实在太矮，刚才进来隔着柜台都没看见他。小老头递给我一张 A4 纸，上面印着饭馆的菜名，都是些家常菜。

小老头身上有一股不轻的羊骚味，我一边看菜单一边不着痕迹地往离他远的地方稍微坐了坐。

"就给我来个红扒肘子、夫妻肺片吧，嗯……再加个三丝汤，主食就上个葱花油饼，上快些，快给我冷死了。"小老头眯眼笑笑说："放心吧，保准快。"然后收起来那张菜单，走了两步又想起来什么似的回过头来笑着问我："小老弟要不要点酒喝喝，自己酿的，便宜又驱寒。"我本想拒绝，但又转念一想这可是"乔迁宴"，怎么能没有酒呢？于是便说："那就麻烦你来半斤吧。"小老头笑着应了声，就走进柜台后面的里屋忙活了。看来这家饭馆就这小老头一个人把持，既是老板又是厨师还是服务员。

约莫过了二十分钟，我点的菜就上齐了，这小老头确实够麻利。期间那一桌吃火锅的吃好了，结账时那桌人非得让小老头抹个零头，小老头死活不答应，争到最后那两人其中一个借着酒意发了飙，小老头才连忙服软，等那伙人走后小老头窝在柜台里一个劲地小声嘟囔，大致是对两人的唾骂和对小本买卖的慨叹。

现在饭馆里就剩我跟小老头两人。饭馆里没有电视机之类的东西解闷，于是就跟小老头攀谈了起来，从小老头嘴里得知他姓陶，让我喊他老陶就行，好巧不巧老陶又是我老乡，一来二去熟络了起来，我于是喊他过来一起喝点。老陶笑着进里屋打了一壶白酒，拿了一碟炒花生，坐在我对面，说："来来来，喝，这算我老陶请的。"我也不矫情，便跟他碰了起来。几杯下肚，这酒劲就上来了，我便开始跟老陶胡侃，从天文聊到地理，后来聊到这吃上来。

说到这儿老陶有一些得意的把头晃了晃，一只老手举着酒杯，另一只老手一挥。

"这说到吃……哎～老哥我说第二天底下没人敢说第一！"

我听完打了两声哈哈。

见我不信，老陶板了板眼，坐直了身子，放下酒杯指着桌上说："老弟你可别不信，就瞅你吃的这些菜，这全世界可是独一份。"

我低下头夹起一块红扒肘子，仔细瞅了瞅。还别说，这肘子跟平常外面做的真有些不一样，平常的肘子深红油亮，但老陶做的却是粉红透白，肉皮透明，肥肉里面布满粉红色的纹络。我送到嘴里，除了肉香还有一丝从未吃过的甜腻在里面。

"哎？老陶，还真是，我刚才怎么没注意到，你做的这肘子还真跟别家不太一样，有些门道啊！"我又夹了片肺片塞进嘴里，不知道是不是心理作用，口感味道都比刚才好上许多。

"哇！老陶你以前该不会是做国宴的吧？"我放下筷子打趣道。

老陶两撇山羊胡子很骄傲的扬了扬：

"这做国宴的就厉害？跟我比那什么都不是!"

我听完故作夸张的一脸崇拜，伸手比了个大拇指：

"不愧是陶老板，牛气！"

老陶朝前坐了坐，笑看着我说："小老弟啊，这我可真没吹，真的。菜做得好不好吃啊得看这做菜的他尝的东西多不多，那做国宴的才尝过多少东西。不是我吹，要说这天上地下，就没有我老陶没吃过的东西。"

我毫不掩饰地一脸不信，调侃道："那照你这样，龙肉咱先不说，人肉你总该吃过吧？"

老陶眯了眯老花镜后面的小眼，顿了一下。

"那种东西，几万年前就吃腻了。"

我哈哈大笑，说道："老哥您这牛皮都快吹破了！"

老陶没接腔，只是自顾自地倒了杯酒。

见状，我开始打蛇上棍，追问道："老陶那你倒是说道说道道人肉是怎么个难吃法？"

老陶吸了一小口酒，微低着头，抬了抬眼皮，眼神似笑非笑。

"其实吧，有些东西虽然难吃，但要是加上合适的调料，那可就成了美味，就像这人肉……"老陶话还没说完他的肚子突然咕噜噜地叫了起来，他连忙用手捂住肚子。

我愣了一会，扑哧一声笑了出来："哈哈哈，光顾着聊了，来来来老哥，我这还有点菜，赶紧对付点。"

老陶丝毫没觉着尴尬，只是面无表情地看了一眼那几个菜，说："不用了，都吃腻了。"然后便抬起头来盯着我。

透过他的眼镜我看到他那小眼睛里透着古怪。我被他盯得有些不自在，不自然地笑了笑，赶紧拿起酒杯一饮而尽。

这时，老陶突然笑了起来，但是这个笑容却让我觉着有种说不清的意味在里面。

"小老弟，你知道吗，这人肉啊虽然难吃，但如果加上些七情六欲……嘿嘿……那可就会变成佳肴啊。这人吃起来之前如果带着一些情绪，那口感……啧啧啧……"老陶咂咂嘴像是在回味。

"呃……"听完这话，我才突然意识到这个话题和气氛都有些诡异，干笑两声，连忙低下头准备喝口酒，但抓起酒杯却发现里面没酒，我又赶紧伸手拿起酒壶想倒酒，却发现酒壶里也没了。

这时手里的酒壶被另一只手拿了过去，我一看是老陶，他的笑容恢复了常态，好像刚才感觉是我的错觉一样。"哎呀哎呀哈哈，怪我怪我，聊得太投入了呀，这酒喝光了都没发现，你等着，我再去打一壶，顺便再弄点花生米。"我本想拒绝然后结账走人，因为现在餐馆里的气氛让我很不舒服，但不知怎的话到了嗓子眼又咽了回去。

老陶这一去就是十几分钟，我又拿起筷子吃了点剩菜，就这样过了一会还是没见老陶回来，我坐在那越来越不舒服，我便朝里屋喊了句："老陶啊，别麻烦了，这个点儿也挺晚了，你出来算算多少钱我好回去，你也好关门休息。"但是里面并没有人回应。我看着柜台后面漆黑的里屋，心里十分好奇老陶在里面干吗，犹豫了一下决定进去看看。

绕过柜台进了里屋，借着外面的灯光我惊讶地发现这里面的空间很大，四周排着很多大物件，黑咕隆咚的只能看个大概，我掏出手机打开手电筒朝最近的一个走了过去，原来是一个半人多高的酒缸，酒缸的木盖没有盖紧，浓郁的酒香从里面飘了出来。我心想这老陶也太粗心了，打完酒也不把盖子封好，我举起手机照着，想把盖子封好，但借着光我却发现酒缸里有些奇怪，我轻咦一声，把木盖缓缓推开一半，这时，我看清了里面的东西，顿时感觉寒毛炸开，只觉得胃里一阵翻江倒海。通过手机的光，我看到这酒缸里泡着的不是什么五谷杂粮，而是一个形体扭曲的人，这个人的下半身已经泡烂成像米糊一样的絮状物，上半身虽然完好但肿得像条巨型蛆虫，有些腐烂的面部依稀可以辨别出人的五官。我实在是忍到了极限，扶着酒缸把今晚上吃的东西一股脑的全吐了出来，极度的恐惧让我的两腿止不住的打摆，突然却听见身后一阵噼里啪啦的声音，我连忙拿手机往后一照，老陶站在离我不远的身后，手里的花生正从手缝里往外漏。跟刚见到他时一样，他还是那副笑眯眯的样子，只不过现在在我看来只让我觉得浑身发怵。

"唉。"老陶叹了口气，说："小老弟呀，本来想跟你喝完这壶酒就放你走的，毕竟吃一个生人我真的是毫无胃口，不过现在嘛……"他咂吧了两下嘴，我清楚地看到涎水不断从他口角流出。突然，他的腹部像冲了气一样变得巨大，身上的棉衣被撑开，露出了衣服下面的东西，但那并不是胀大的肚皮，而是一张布满利齿的漆黑大嘴，一股浓烈的腥臭混着羊骚味扑面而来。我扑通瘫坐在地上，浑身止不住的乱颤。

我最后一眼见到的就是老陶那张扭曲到极致的面皮和那张黑色巨口里一根根冰冷的寒光。

注：饕餮 《山海经·北山经》有云："钩吾之山其上多玉，其下多铜。有兽焉，其状如羊身人面，其目在腋下，虎齿人爪，其音如婴儿，名曰狍鸮，是食人。"

恶魔

陈怡然

一

从小我就对麻雀这种生物充满好奇，它明明那么经常出现在人类面前，却又是如此惧怕人类。每当我怀抱着善意想与它们亲近时，它们都丝毫不给我面子，在感知到我有接近的意向的那一瞬间便像受惊了一般挥动翅膀飞得远远的。这件事一直让我很难过，导致我每次看到它们都像是做错事了一般，灰溜溜地贴墙走，惧怕自己再次贸然打扰它们的平静生活。所以当它飞落在我的身旁时，天真的我以为弥补过错的时候到了，几乎兴奋得想要手舞足蹈。

那时我还没有搬家，小区里有一个小小的广场，上面围了一圈年久失修的黄色健身器材。其中有一个是供人们站在上面晃来晃去的（懒惰的我至今不知道它的用处是什么），我很喜欢坐在它的脚踏上，把它当作秋千一样晃来晃去。当时是冬天，天上下着大雪，积雪早晨刚刚被清理过一次，却又涨了上来，我如往常一样坐在脚踏上晃来晃去，盯着雪花飘落的轨迹，仿佛在研究什么科学命题。当我看到一个明显不是雪花的东西从天空俯冲下来时，因为低温机能僵化的大脑"咔咔"宕当机了。那个深褐色的东西准确停在我身旁的脚踏下面，没了动静。我"咔咔"移动着身体，探过脑袋，想知道到底发生了什么事情。一只小麻雀，缩成一团，像一个毛球。"咔咔"伸出手，碰到了它的尾巴。"咔咔"将它提溜了出来。

我觉得自己真是善良，为冻坏了的小麻雀取暖。

脱掉手套，手心里捧着它的身体，它特别可爱，小小的，软软的一团，眼睛里黑漆漆的，映着雪花，闪着光芒，这光芒让我产生了错觉，便将我冻僵了的手捂得更紧了。

一直到傍晚，我都坐在那里，不敢乱动。它很暖和，安心地睡着了。我更加被自己的善良所感动，连午饭都没吃，只为了给它取暖，啊，我太善良了。

这是多么愚蠢啊！

发小从补习班回来，路过小广场看到了我。她大喊着我的名字蹦跶着过来了，像一只小麻雀。我冲她做出"嘘"的口型。她蹑手蹑脚走了过来，坐在我旁边的脚踏上。雪地上留下一行歪歪扭扭不规则的脚印。

"哇！小麻雀！你怎么抓到的！"

"不是！是它自己飞到这里的。它冻坏了。"

发小开始研究我手里的小麻雀，摸摸头，戳戳脚。

"它死了吗？"

"它在睡觉。"

发小又戳了戳小麻雀的头。

"它死了。"

她抬起头，看着我的眼睛。

"它死了。"

我们把小麻雀埋在旁边断裂的健身器材遗留下的黄色空心金属柱子里，挖出里面厚厚的积雪，把它放进去，又把积雪埋上。

雪停了。

二

上初中的时候，我写过一篇小说——《冬之蝉》，里面讲述了一个女孩在深冬发现一只还在微弱鸣叫的蝉，并为了救活它竭尽全力，最后还是眼睁睁看着它死去的故事。是一个很简单甚至我觉得有点无聊的故事，却被老师拿去参加一个全国作文大赛，最后居然得了一等奖。当时的我五味杂陈，因为写这篇小说的初衷是为了忏悔。那是一个冬夜，我在家门前楼下的小平台上玩快要融化的雪，隐约听见母亲从楼上传来的呼喊，便站起身来向后退，想与八楼的母亲对话。到底说了什么我已经完全不记得了，只有那一声"喀拉"直到现在还在我的耳边轰隆作响，还有黝黑的恐惧。我愣在原地，不敢抬起脚，更不敢回头，只战战兢兢地站在那里，一动不动。恐惧像藤蔓一样缠绕了上来，我感到厚厚的羽绒服里生出了千万根软刺，它们扎着我，却没有将我扎穿的意思，那毛毛的刺刺的感觉让我的心脏一阵痉挛。脚底现在一定有一片无底深渊，从深渊里将会伸出一百只手，它们会竭尽全力把我拖进去，因我犯下的重罪判处我无期徒刑。

母亲的一句呼喊将我拉了出来，居然如此轻易地，我就回到了现实。刚才的一切都消失了，像被水龙头里流出的水冲到了下水道，就那么轻易地。

我踩死了一只蝉。

小说里写得无比美好。但我只是一个罪人，就连企图做出的忏悔也成了为自己谋取利益的工具。太无耻了。

而罪人居然仍然过着幸福快乐的生活，真是不可思议。

三

在我上小学的时候，每天都有整整齐齐的两列小摊贩，候在我们出入校门必经的小路上，卖些各种奇奇怪怪的零食和玩具。但有一段时间，不知为何流行起了卖小动物。小兔子，小鸡，小鱼，水母，乌龟，甚至还有卖乌龟蛋的。那时我十分听父母的话，对于手中的钱财从不乱花，过着和尚一样的生活，对于这些吸引力巨大的小动物们，我只能两眼发光，一个摊接着一个摊挪动。那些小动物仿佛拥有摄魂的能力，离开每一个小摊都是一种巨大的痛苦。看着身边的同学买下一个个小动物，我会攥紧口袋里的钱。汗水把人民币弄得潮潮的，我的心脏也潮潮的。直到身边的人越来越少，继续蹲在摊旁太过于尴尬时，才会转身离开，同时在心里描摹着小动物们的样貌，跟他们一一说再见。

乌龟蛋是所有小东西当中最便宜的。所以终于有一天，我鼓起全部的勇气，买了一个回来。我就像要去犯罪一样四处张望，在确认周遭没有认识的人之后迅速交钱拿货，把那个装着细沙和蛋的小塑料袋子小心翼翼地放进书包里，迅速拉上拉链。

具体的细节已经记不太清了，只记得我时时刻刻都把它放在身边，无比珍惜，按照说明书上的每一个步骤去做，每一个注意事项我都注意了，满心期待着小乌龟的诞生。现在想想，一个脆弱的小塑料袋根本就不可能孵出小乌龟的，脏兮兮的细沙也肯定不会拥有适合小乌龟生长的条件的，而且说到头，我连那是否是一个受精蛋都不知道。

也许我不买下它，它还有出生的机会。

四

就在我深陷于那颗只有我小拇指甲盖那么大的白色的蛋时，一个同学来找我（本来想说是朋友的。真的是十分抱歉），告诉我她背着父母偷偷养了两只小鸡，但是不小心被父母发现了，逼迫她扔掉，所以她希望能把小鸡寄存在我这里一段时间，等风头过去再接小鸡回去。我欣喜若狂，甚至想放声尖叫，却仍然伪装成很冷静的样子，甚至没有察觉那些违和的地方。

这项"世纪交易"在放学后的厕所一角进行。伴随着厕所外清校的音乐声，他把装着小鸡的鞋盒交给了我。我们两个蹲在长长的坑道的一侧，背靠着半人高的小矮墙，在昏黄的时亮时暗的声控灯下逗弄可爱的小鸡仔。那一瞬间，我以为我们成为战友。

我的父母十分坦然地接受了新生命的到来。母亲尤为如此，甚至十分开心地同我一起逗弄小鸡仔。那是我第二次感到母亲与我处在同一条小船上（第一次是我五岁时的事了，也许以后会讲），陪我一起在黑暗的汪洋上努力摇着船桨。

我很喜欢放风筝，也很擅长，擅长到仿佛乘风飞扬的是我，不是风筝。每到春天的周末，只要有时间，母亲便会陪我一起去公园放风筝。小鸡仔到来之后，放风筝大队增加到四位成员。身为队长的我指挥着大家，齐心协力将风筝放到最高最远。但是风筝线丝毫不在乎我们的心情，放到头就再也没有了。不能飞得更高的风筝被我们卡在一旁的树丛里，随它飞了。完成任务的风筝大队开始进行任务后的修整，母亲从包里掏出各种各样的好吃的，我和小鸡仔们看着食物垂涎欲滴。

小鸡仔们叽叽叽，我便把它们从鞋盒里抱了出来。它们在草地上跑来跑去，快乐极了，还来啄我的裤腿，要我跟它们一起玩耍。我抱着给小鸡仔们准备的食物，加入玩耍的行列，一边跳来跳去，一边把食物撒给它们。那是多么快乐的时光啊，春天独有的温柔中带点寒意的风吹在我们身上，与风的气质截然不同的灿烂阳光洒在我的笑脸上，时间就应该这么继续下去才对呀。

"咕叽。"

我不知道这么形容这个声音是否准确。这个声音，从我的脚底，像一只毒蛇一样将我整个吞下，我觉得自己现在就是小王子画的那个像帽子一样的蛇肚子里的大象。多么可笑啊，我将自己伪装，涂上别的颜色，让所有人都信以为真，但同时自己又很清楚自己的真实面貌，还不愿意承认，继续虚伪地生活着，任凭毒素蔓延到全身，淹没我，消化我。那天穿的是哪双鞋，鞋底的残留物后来怎么样了，地上的碎屑后来怎么样了，我都没有一点印象，我好像在乎的只有我自己。多冷漠的一个人啊，为什么还能如此厚颜无耻的幸福生活在这个世界上呢？

母亲安慰的话语就像麻药一样，我当真不觉得这件事有多么严重了，收起风筝，大摇大摆地回家了，脑子里想的是怎么才能不被同学发现逃避责任。在这时，我猛然想起了早已被我抛在脑后的乌龟蛋。

有一天，趁父母不在家，我小心翼翼地从冰箱里拿了一个鸡蛋，用水冲洗干净，擦干，带到我的小床上。我把自己脱得精光，抱紧了这颗珍贵的鸡蛋，缩成一团，心想一定要在父母回来之前孵出小鸡才行。怀抱着美好的梦想，我不知不觉睡着了。醒来的时候，最先听到的是母亲的责骂和父亲的笑声，母亲见我醒了，把我从床上捞起来，扔进只够一人一马桶存在的洗浴间。刚睡醒的我迷迷糊糊站在马桶旁边，连水龙头都忘记打开了，只是低头，看着肚皮上闪动的黄色光丝发愣，然后缓缓伸出手，戳了戳自己的肚皮。黏黏糊糊，又滑溜溜的。

我号啕大哭。

大概过了一个月，无法忍受的我下定决心负荆请罪。

预想中的责怪并没有到来，同学一脸无所谓地向前走进了厕所，我也战战兢兢地跟了上去。刚下课的厕所里人满为患，女孩子们的聊天嬉笑声填满了这个奇异的空间，而我就像这个空间里的异类，窝在毒蛇的肚子里，顺着墙沿小心翼翼地爬行，竭尽全力不吓到她们。同学笑着跟我说："不用在意啦哈哈哈哈，我以前也踩死过一只，再买就行啦。"

这里就是她把小鸡仔交给我的地方，就是现在她脚下那个坑道的一侧。我感到背叛，感到恐惧，感到滑稽可笑，感到不知所措。

"我妈给我买了两只超级可爱的小兔子！那个小鸡就送给你啦！"

她还说了好多话，我不记得了，但是我隐约记得自己笑着回复了她。

"原来不止我一个人踩死过小鸡啊！"

五

每次上学放学路过围着一圈健身器材的小平台时，我都会走到那个断裂的空心金属柱子旁边看一眼。至今我都不知道在埋它之前，它是否真的死了。但是每当看到空空的柱子，我的眼前就会出现在枝头雀跃的它的身影。

搬新家后，我再也没有回过那个地方了。关于旧家我几乎完全记不清了，那些模模糊糊的印象非常微妙，让我感到一股无法名状的悲哀。原来我的大脑将那些珍贵的回忆处理为可以忘记的事物了啊。

一次在公交车站跟母亲一起等车，一个约莫十六七岁的女孩子拎着一个巨大的纸袋子引起了我们的注意。纸袋子里装的是两只公鸡，彩色的羽毛从袋口满溢出来。母亲好奇，上前询问。

女孩子说，那是她养了很多年的鸡，最初是在学校门口买的两只小鸡仔。

去年寒假回家，突发奇想带上母亲再次来到了以前常去的公园放风筝。但是技艺再也没有那么高超了。没两下风筝就死死地缠在树梢上，再也没有下来。